～關於第一代貓 鐵三的種種～
2003年5月 來到我家。
最胖的時候，體重有8公斤。
鐵三這個名字來自灰谷健次郎的《兔之眼》中的角色。
鐵三
(公貓)
拉貓的混種，有一身白色蓬鬆的毛！
(2003年3月23日出生～2012年1月4日 享年8歲)
牠的毛很長，經常在舔完胸口後，變得滿嘴都是毛。
曾經有人說牠很像音樂家赫密托·帕斯科爾(Hermeto Pascoal)
牠的拿手絕技是，雙手用力抱住，然後雙腳展開踹踢攻擊!!
我回來了。
啊!!
牠很會趁我回家一進門時衝出去！
又中了牠的計!!
咻～！

鐵三徹底大研究!!

特別喜歡水泥地
牠是索馬利貓和金吉
喵嗚~!!
嗚嗡
牠很愛坐車
剛來我家時很小很小，只有手掌那麼大！
叩叩!!
踼踼
踼
但牠整隻清爽多了
在換季貓毛掉落時，窗簾下方就會變成一片白茫茫，貓毛飄飄。

滿滿都是貓的日子

文／圖 mirocomachiko
譯　王蘊潔

老師，你聽我說鐵三和學豆還有卜偶。

從小到大，生活中都有貓。小時候，鄰居是我的同學，在讀小學之前，我們經常玩在一起。她家有一隻三色貓，每年都生很多小貓。現在養貓人家都會為貓結紮或是避孕，但因為我們那時候住在鄉下地方，所以大家當時都不會考慮這些問題。住家附近也有許多不知道到底有沒有主人飼養的貓。

不知道是否因為這個原因，所以長大之後，我對養貓這件事完全沒有任何排斥。第一次養的貓，是有一身蓬鬆白毛的公貓鐵三。鐵三很貪玩，也經常翹家；經常咬我、踹我，每天的生活都被牠搞得雞飛狗跳。雖然我小時候經常和貓玩，但那是我第一次自己養貓，貓食、貓砂、玩具、動物醫院等等，很多事情都是第一次，每天滿腦子都在想貓事，和貓度過了濃密的時光。

那時候，我經常出入大阪的iTohen畫廊，可能因為我三句不離鐵三，畫廊老闆鯵坂先生問我，要不要來製作一本描寫和鐵三之間共同生活的月曆。我就像全天下的父母都覺得自己的孩子很可愛一樣，喜孜孜的畫了起來。然後把用藍色麥克筆畫在影印紙上的畫交了出去，鯵坂先生二話不說的為我設計，在二〇一〇年真的推出了月曆。

因為內容都是關於「欸，欸，你聽我說，我家的貓……」的貓事，想起小學一年級寫作文時，經常用「老師，你聽我說」這句話開頭，於是從中獲得靈感，取名為《老師，你聽我說鐵三這傢伙》。將十二個月分的畫用鐵絲裝訂，然後再裝進袋子的作業完全都由我們自己動手。第一年推出鐵三月曆時實在太高興了，所以都免費贈送給親朋好友。

之後在二〇一一年和二〇一二年也繼續推出了鐵三月曆。二〇一三年，當推出第二代兄弟貓叟豆和卜偶的月曆時，青銅新社的W先生偶然看到了這本月曆，然後合作完成了《鐵三哪》這本繪本。迄今，仍然繼續製作月曆，還是由設計師、出版社和朋友一起合作，用手工作業的方式以鐵絲裝訂、裝袋。這項作業做了八年，已經駕輕就熟，就像高手一樣迅速俐落。

因為每年要畫十二張，平時都習慣記錄和貓之間發生的趣事，所以我在日常生活中，也都想著月曆的事。即使叟豆和卜偶隨地亂大小便，我在為牠們擦屁股時，也忍不住偷笑，嘿嘿，我又有題材可寫了。

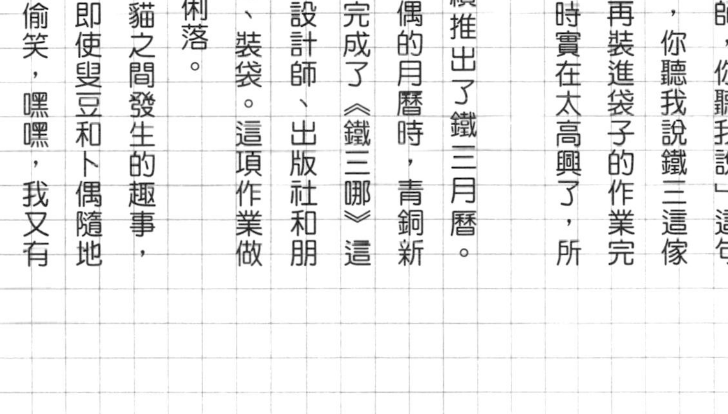

老師，你聽我說
鐵三這傢伙。

牠想吃早餐，就跑來把我叫醒。
為了讓我睜開眼睛，
竟然用舌頭舔我的眼皮。
真是痛死我了。

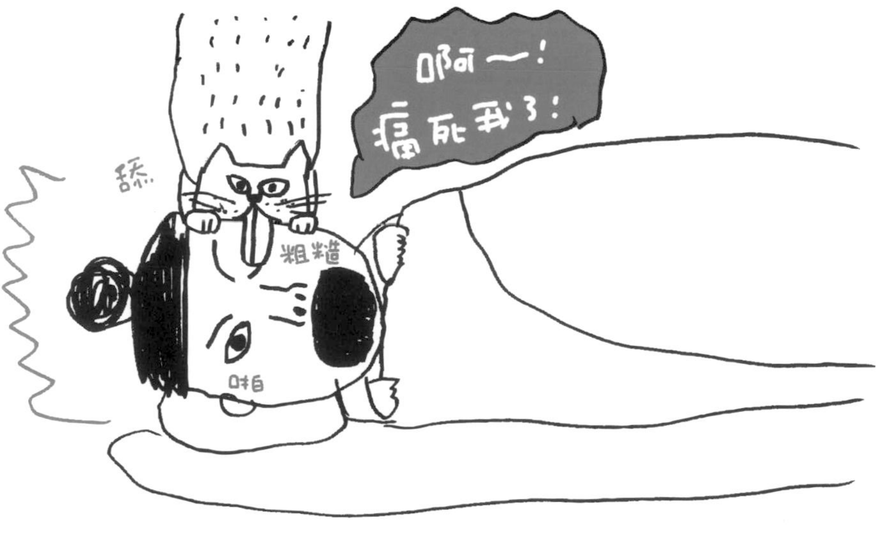

老師，你聽我說鐵三這傢伙。

如果我還不起來，牠就會使出爪子拉住我的下嘴唇這一招。

老師，你聽我說
鐵三這傢伙。

坐著的時候，就像
一個飯糰放在那裡。

而且是很大、很大
的飯糰。

老師，你聽我說
鐵三這傢伙。
因為牠的毛太長，
看起來太熱了，
我就幫牠剪了毛，
沒想到變成這種
奇怪的形狀，
只有腦袋和尾巴還有
蓬鬆的毛，我忍不住
噗哧笑了出來。

老師，你聽我說鐵三這傢伙。

牠屁股上黏了三小坨大便
走來走去，我好心幫牠
擦掉，牠竟然生氣對我大聲
「喵呼」一聲，真是不識好歹。

老師，
你聽我說
鐵三這傢伙。

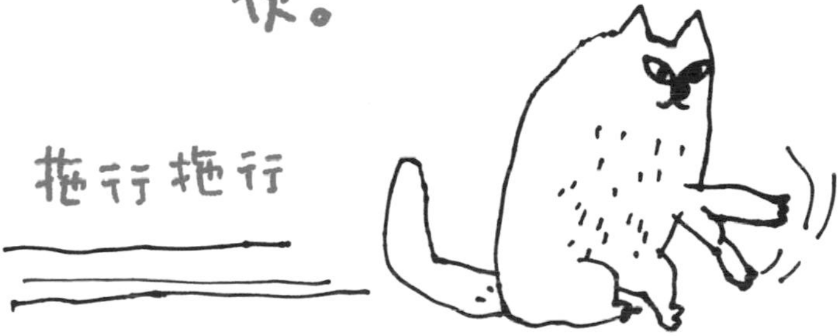

牠屁股很癢，
所以只能用手走路，
屁股在地上磨啊磨。
我對牠罵了一聲：
「不可以！」牠就
一溜煙逃走了。
逃走的時候倒是
乖乖用腳走路。
該洗澡了。

老師，你聽我說鐵三這傢伙。

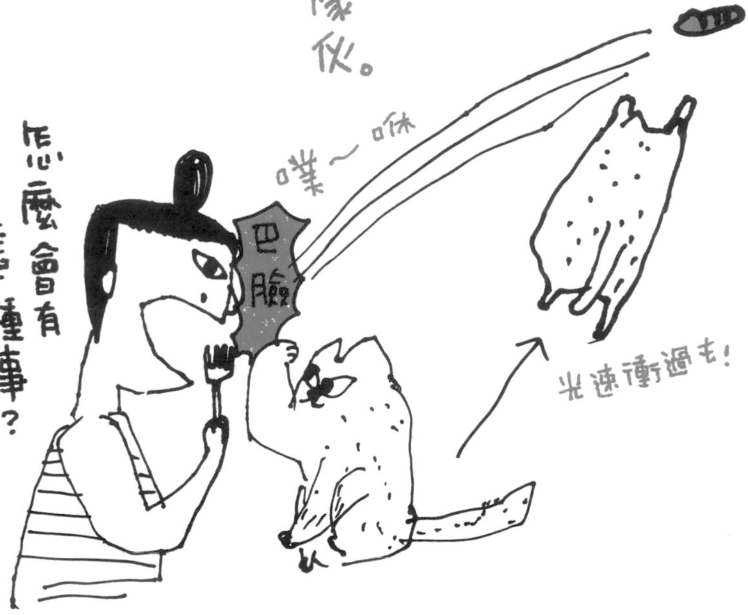

我正準備吃小香腸，
鐵三伸手巴我的臉，
結果小香腸就飛了出去。
鐵三居然光速跑過去，
把小香腸吃掉了。

老師，你聽我說
鐵三這傢伙。

聽到音樂中有鳥叫聲，
就會四處尋找。
那明明是錄音。

老師，
你聽我說
鐵三這
傢伙。

因為牠太調皮了，
所以去醫院動手術時，
手腳都用膠帶包了好幾層。
不管是我還是鐵三，
都很不甘心。

老師，你聽我說這三鐵傢伙。

老鼠玩具卡進牙齒，
牠自己拿不下來，結果就
拼命「嗚欸！」的叫了
好幾次，
超可憐。

老師，你聽我說鐵三這傢伙。

牠常常直接從調色盤上走過去，有一次剛好踩到紅色顏料，嚇死我了。

剛到東京的前幾年，我住在很狹小的套房內，無論生活還是畫畫，都和鐵三形影不離。我在畫畫，牠就在旁邊吃飯；我在畫畫，牠在旁邊睡覺。鐵三的周圍當然也到處都放滿了畫。鐵三一身雪白的長毛，身上經常沾到各種不同的顏色，然後牠到處亂走，牆壁上也沾滿了顏色，而且畫中也經常沾到鐵三的毛。畫作表面的毛還可以拿掉，但混在顏料裡的毛就變成了作品的一部分。

因為這個原因，所以我經常幫鐵三洗澡。雖然大家都說貓討厭洗澡，但鐵三似乎並不討厭，每次都乖乖讓我洗，只不過牠很討厭用吹風機吹毛。一身長毛的鐵三渾身濕答答的在房間內走來走去，我的家被牠弄得更亂了，真的很對不起那時候的房東。

老師，你聽我說
鐵三這傢伙。

鐵三很喜歡洗顏料的水。牠喝水時懂得分辨乾淨的水和髒水，

太聰明了。

老師，你聽我說
鐵三這傢伙。

鐵三的體重一度飆到7.5公斤。為鐵三量體重時，我都會抱著牠一起站在體重計上，然後再減去我的體重。

老師，你聽我說鐵三這傢伙。

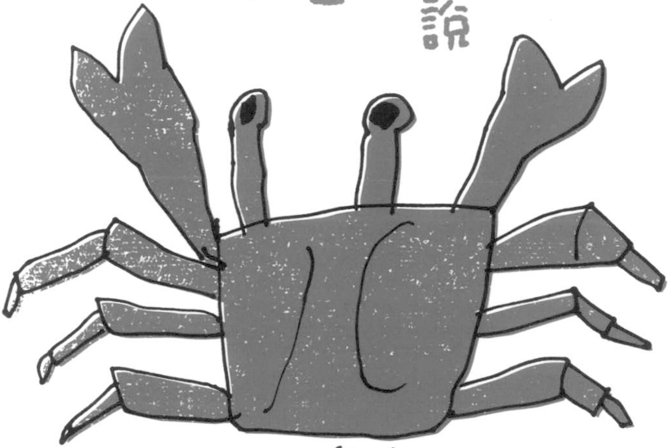

有一天，一隻螃蟹來到我家。鐵三雖然不怕蟲，但看到螃蟹時嚇破了膽，只不過把螃蟹煮了之後，鐵三也吃得很開心。

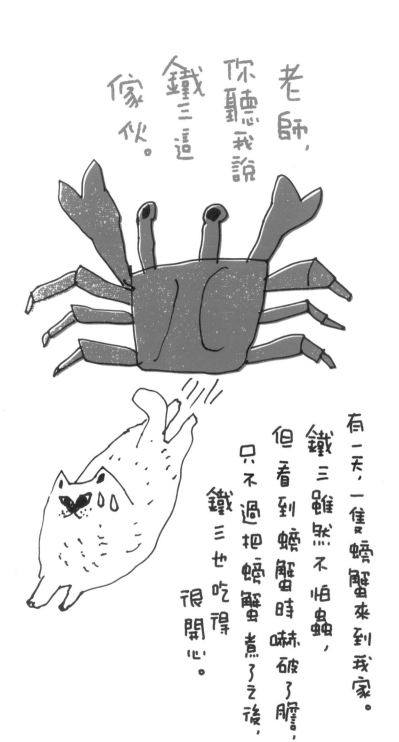

老師，你聽我說鐵三這傢伙。

廁所裡的便便很容易掉出來。
雖然牠拼命抓，
想要把便便藏起來，
但那裡根本沒沙，
所以根本藏不住。

老師，你聽我說
鐵三這傢伙。

我在漂白衣服時，
牠竟然去舔漂白的水。
鐵三已經夠白了，
根本不需要喝漂白水。

老師，你聽我說
鐵三這傢伙。

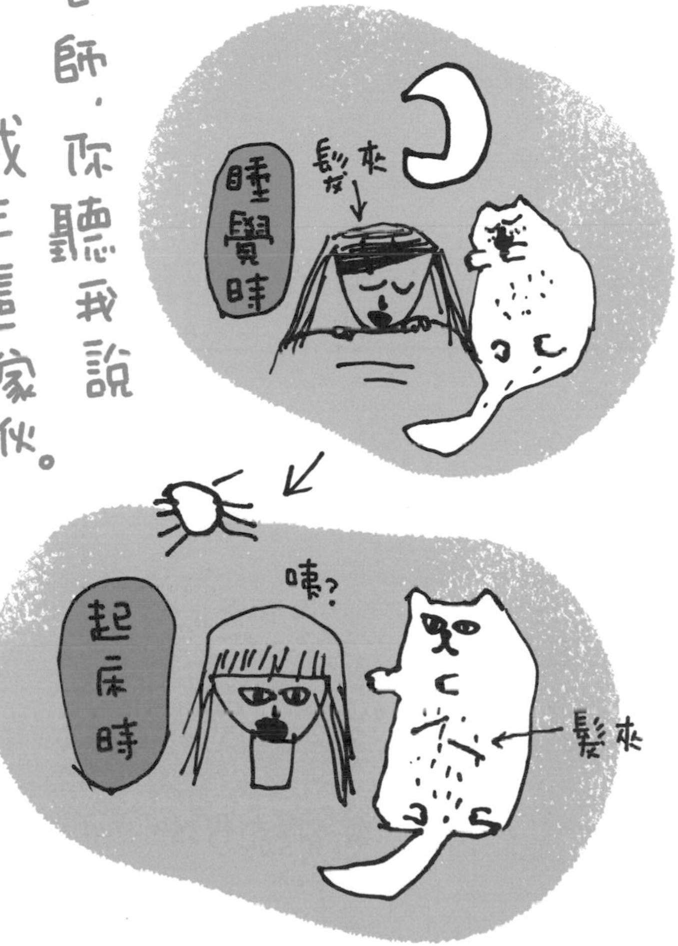

晚上睡覺時，我用髮夾夾住瀏海，
沒想到早晨起床之後，
髮夾竟然都跑到鐵三肚子上去了。
難道是鐵三在半夜時睡在我臉上嗎?

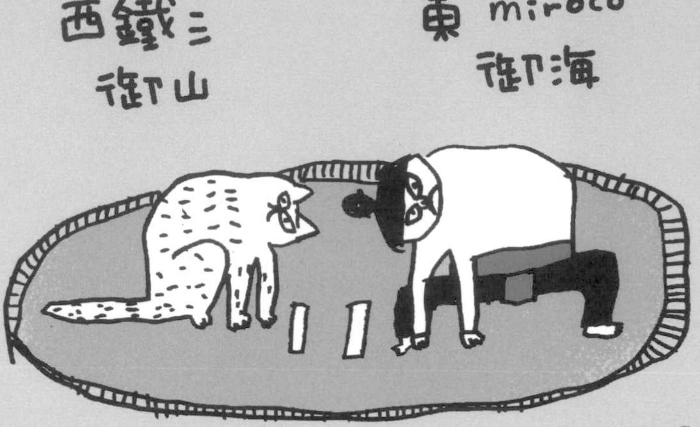
西 鐵三
御山
東 miroco
御海

老師，你聽
我說鐵三
這傢伙。

鐵三完全不懂
相撲的規矩。
牠每次都撲過來咬人，
違反遊戲規則。
而且即使犯規，
還做出一臉
無辜的表情。

大口咬—
踢 踢踢踢—
啊—
對不起
對不起

老師，你聽我說鐵三這傢伙。

我在煮筑前煮時，牠竟然偷咬了一塊蓮藕逃走了。其實牠本來想吃雞肉，卻失嘴咬到了蓮藕。

老師，你聽我說
鐵三這傢伙。

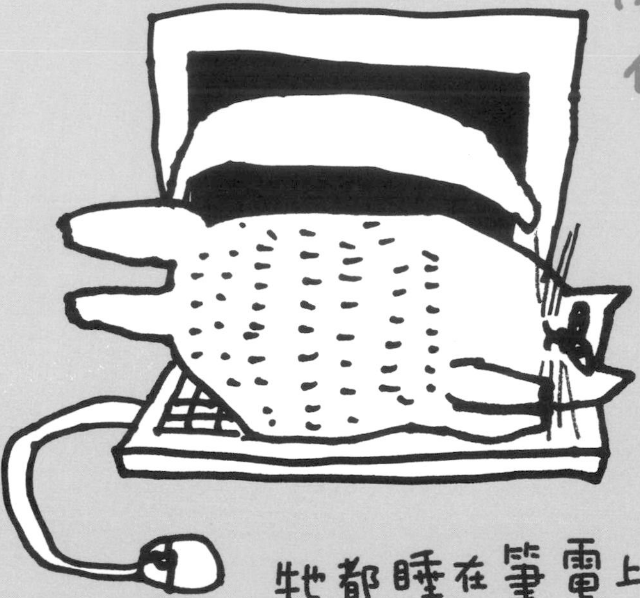

牠都睡在筆電上，
所以鍵盤常常壞掉。
Shift鍵始終是凹下去的狀態，
回不來了。

老師，你聽我說鐵三這傢伙。

我把板子放在掃瞄機上時，
牠就跳上去
前後搖擺，
好像在玩衝浪。

老師，你聽我說
鐵三這傢伙。

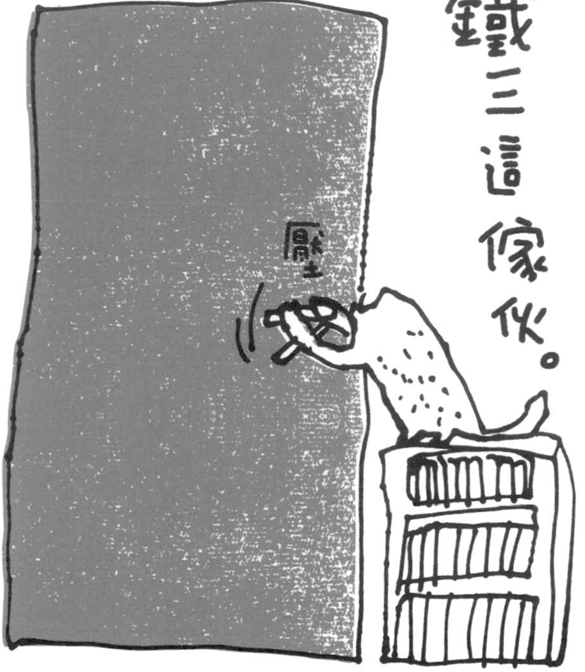

鐵三會自己扭動房間的門把，
把門打開。
最近還學會了打開陽台門，
太危險了。

牠超討厭吸塵器，
我在吸地時，牠都爬得
高高的，絕對不會下來。
吸塵器停止運轉時，
牠會甩吸塵器巴掌，只不過
在甩完巴掌後，馬上轉身溜走，
可見其實牠心裡很害怕。

老師，你聽我說鐵三這傢伙，開始接受糖尿病的治療了。

鐵三一天尿兩次。年輕時曾經得過尿不出來的疾病，所以之後我每天為牠清廁所時，都會檢查牠尿尿的次數。

有一天，我發現牠尿尿的量比平時多了一倍。我覺得不對勁，帶牠去醫院做了尿液和血液的檢查，發現牠得了糖尿病。自從牠年輕生病後，就一直按照醫院的指示飲食，所以我問醫生：「到底是什麼原因？」醫生說是「體質關係」，聽了超難過。

幸好鐵三打針不怕痛，每次打針都很順利，但飲食限制太痛苦了。因為牠好像不

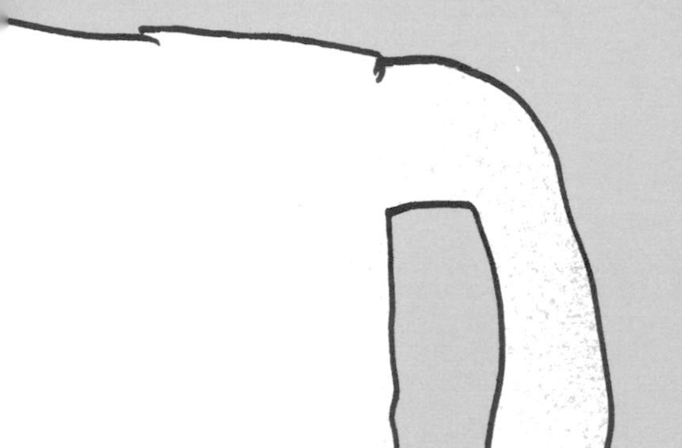

管吃再多都會覺得餓，所以每天都會一直拍打放了貓食的櫃子，而且也開始吃以前從來不屑一顧的蟲子。幸好鐵三很有活力，我相信牠一定可以痊癒。

每天早晚都要
注射胰島素。
在吃飯時幫牠打，
牠根本沒有察覺。

老師，你聽我說
鐵三這傢伙。

摸牠額頭的時候，牠太舒服了，
結果眼神越來越渙散，
眼珠子都跑到旁邊去了。

老師，你聽我說鐵三這傢伙。

牠最近愛喝啤酒。
雖說牠長大了，
但貓喝啤酒不妥當吧。

老師，你聽我說鐵三這傢伙。

鐵三只要看到罐頭，就想要打開。
但我仔細一看之後，
發現全部都是牠愛的食物。
牠還真聰明。

老師，你聽我說
鐵三這傢伙。

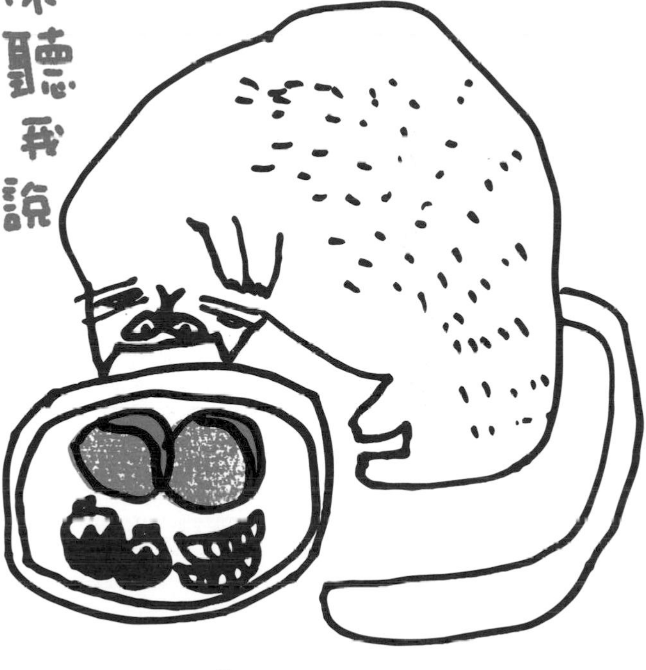

牠超喜歡吃火腿，
但每次牠偷吃，我就會罵牠，
所以牠都裝睡，
然後慢慢把身體移過來，
鼻子用力吸，我馬上就發現了。

老師，
你聽我說
鐵三這傢伙。

我看到地上有很大一坨毛球，
沒想到是鐵三的胸毛。
掉毛的地方都禿了，
可以看到粉紅色的皮膚，
不知道牠會不會很痛。

牠雖然會推門，
卻不會拉門，
所以常常把自己關在浴室。

老師，你聽我說鐵三這傢伙。

結果想上廁所
忍不住，就尿在
浴室了。

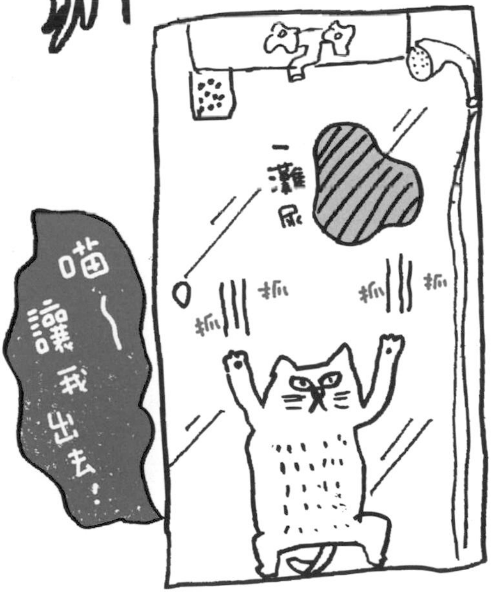

老師，
你聽我說
鐵三這傢伙。

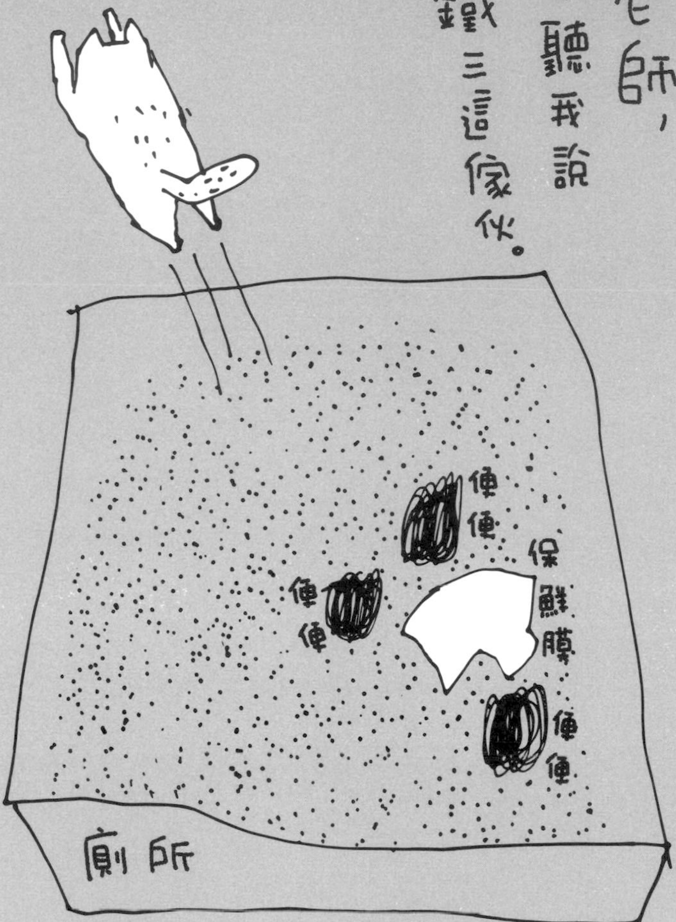

在鐵三的便便中發現了保鮮膜。
牠一定是把聞起來香噴噴的
保鮮膜吃下去了。
該打！

牠以為窗戶打開了，
光速跑過去，
沒想到還有紗窗，
結果用力撞到紗窗後彈了回來。

老師，你聽我說
鐵三這傢伙。

鐵三受到驚嚇時，
喉嚨會發出咕咕咕的聲音。
牠體內是不是也流著鴿子的血？

老師，你聽我說
鐵三這傢伙。

牠跳上小盒子，然後把皮包
拉過來，聰明的為自己
張羅好睡覺的地方。

明明旁邊就有
一個大盒子。

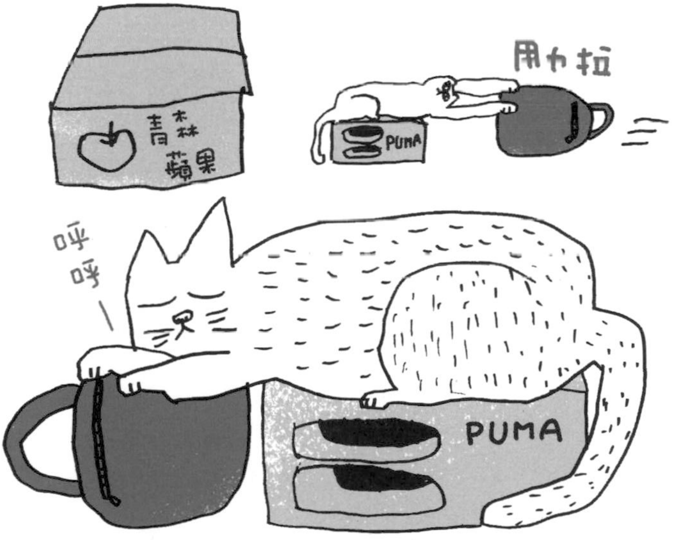

老師，你聽我說。

等我死了之後，
又可以和鐵三
一起生活了。

我絕對不會
忘記鐵三。

2012年1月4日，鐵三去世了。
這是我人生中最悲傷的事。

鐵三病倒時，我正在神戶開展覽，接到老公的電話，通知「我帶鐵三去醫院」時，我回答說：「不用帶牠去。」因為我不希望牠在最討厭的醫院走完生命最後一段路，我也立刻準備回家。

我搭新幹線時，接到老公的電話說：「牠吃飯之後，精神又好了一些。」當我回家時，牠的狀況已經好多了，但牠的體力大不如前，我知道牠來日不多了。

之後，我幾乎拒絕了所有外出的邀約，整天陪在鐵三身旁。我停止了牠所有的治療，只讓牠盡情吃牠想吃的食物，然後在整個房間都鋪了毯子，讓牠無論在哪裡跌倒，都不會覺得痛。我和牠一起睡在毛毯上。鐵三之前一身蓬鬆的毛，看起來很福態，如今變得很瘦小，眼睛也像小貓一樣漂亮。牠帶著像剛出生的小嬰兒般的稚氣離開了。雖然到最後，牠已經無法走路，但直到去世之前，都努力想要自己走去上廁所，真是太了不起了。

鐵三是最帥、最棒的貓。

鐵三，你聽
我說小貓的事。

我們家來了兩隻小貓。
因為是在JR外房線附近撿到的，
所以分別為牠們取名為叟豆和卜偶。

＊編按：叟豆為日文「外」的音譯，卜偶為「房」的音譯。

鐵三離開後，經常有人問我是否願意收養無家可歸的貓，我還沒有走出傷痛，完全無心再次飼養貓。

有一天，當我告訴某位朋友，覺得也許再度開始有貓陪伴的日子也不錯後，過兩天就接到電話，「我撿到了被人遺棄的貓！」轉眼之間，一對兄弟貓就出現在我家了。我恍然大悟，原來這就是天意。

卜偶和叟豆來我家時差不多兩個月大，因為是被人遺棄的貓，所以並不知道牠們正確的生日。兩個月前剛好是鐵三去世的一月四日左右，於是我把這一天當作是卜偶和叟豆的生日。我把牠們的生日設定在鐵三的忌日，讓悲傷的日子同時也變成快樂的日子。

鐵三，你聽我說
學豆和卜偶這兩個傢伙。

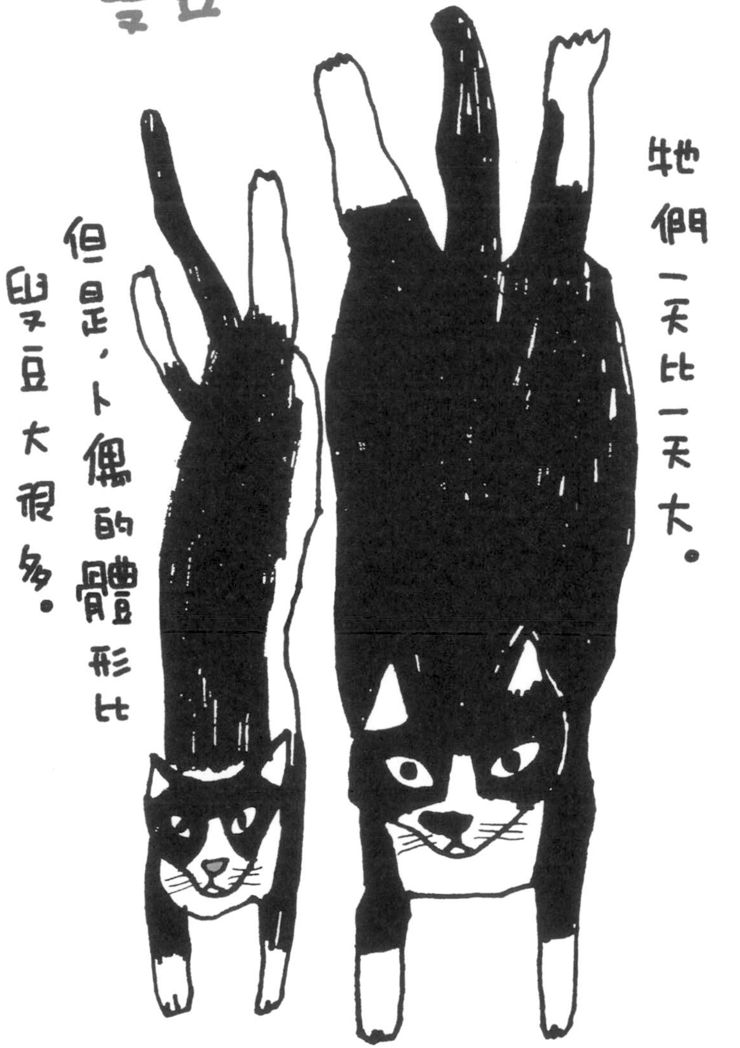
牠們一天比一天大。
但是，卜偶的體形比
學豆大很多。

鐵三，你聽
我說學豆
這傢伙。
噓
噓
噓
因為牠尿尿時一臉嚴肅，
所以我馬上就知道了。
牠不管在
什麼地方
都會亂尿
一通。

鐵三，
你聽我說
貝豆和卜偶
這兩個傢伙。
沙
沙
沙
沙
沙
沙
沙
沙
偷摸!
偷摸!
牠們會躲在
電腦後面，
輪流搗蛋，
影響我工作。

鐵三，你聽我說卜偶這傢伙。
牠會追著
灑水壺的水跑，
結果花完全
淋不到水。
嗚喵喵喵喵
濕答答
濕答答

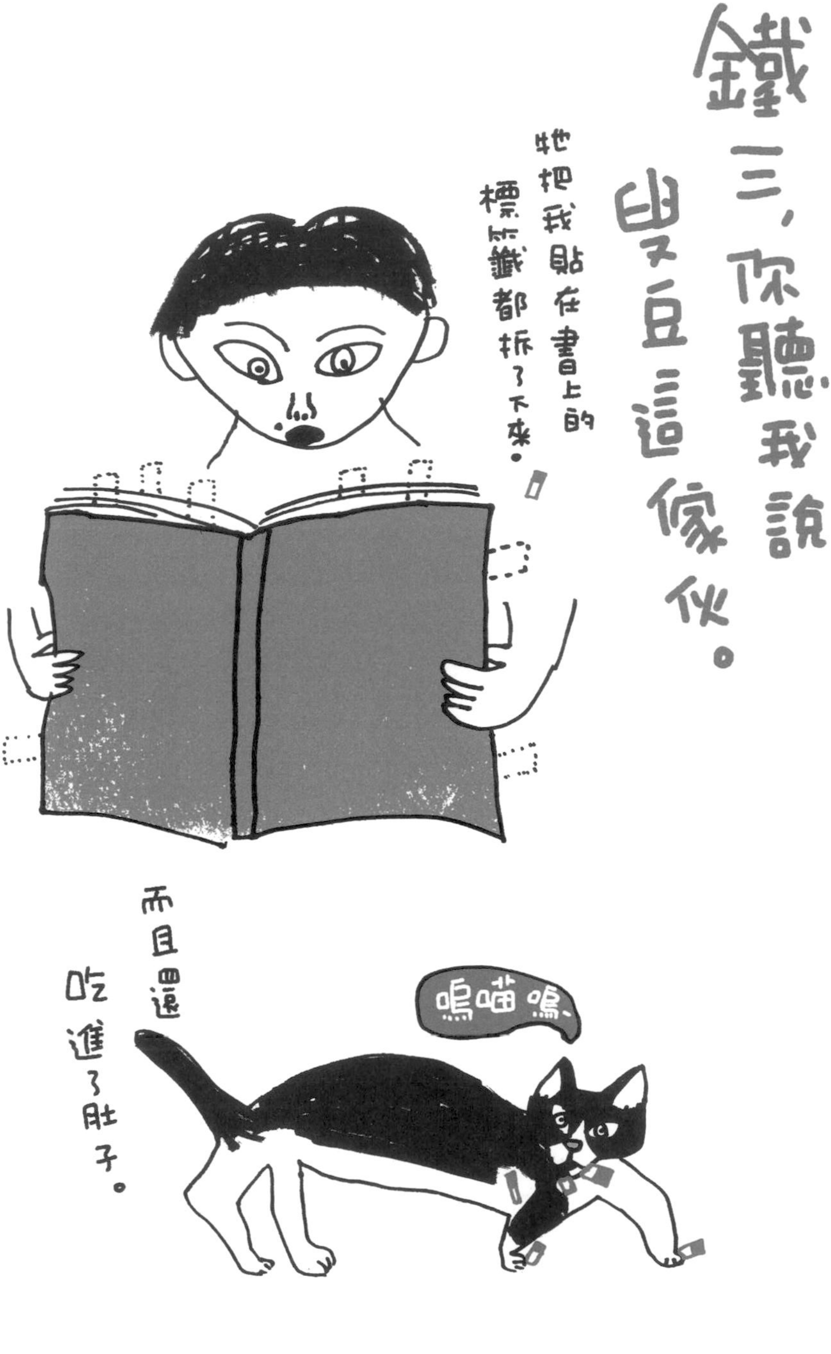
鐵三，你聽我說
叟豆這傢伙。
牠把我貼在書上的
標籤都拆了下來。
而且還
吃進了肚子。
嗚喵嗚~

鐵三，你聽我說
豐豆和卜偶這兩個傢伙。
牠們會趁我睡覺時，把玩具搬到我周圍。
等我早上醒來時，發現自己被玩具包圍了。

鐵三，你聽我說與豆這傢伙。

牠想要我陪牠玩，就會跳到我臉的高度。

鐵三，你聽我說

嬰豆和卜偶這兩個傢伙。

牠們的肉球長得完全

不一樣。

卜偶的肉球是全黑色，

嬰豆的是斑駁的圖案。

太好玩了。

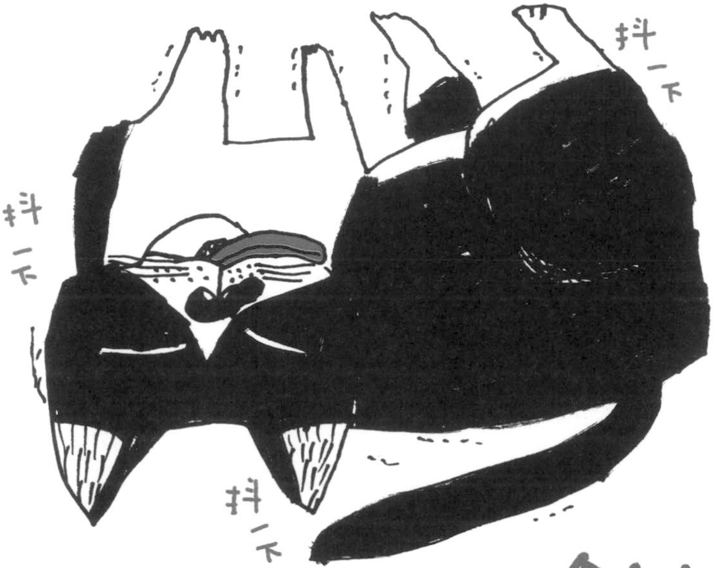

鐵三，你聽我說
卜偶這傢伙。
牠睡覺時會
吐舌頭。
而且也經常
張著嘴巴。

鐵三，你聽我說
人偶這傢伙。

牠經常發呆。
即使我為牠
準備好貓食，
牠也會發呆好一陣子才開始吃。

粵豆吃得
很快，
所以
經常吃牠的。

鐵三，你聽我說

嬰豆和卜偶這兩個傢伙。

牠們輪流來討抱抱，

但有時候會在不知不覺中

互相交換。

鐵三，你聽我說
卜偶這傢伙。
啊，牠又跳上來了
嗚喵！
牠每天早上都會
跳到我背上。
趕快下來
喵～嗚
滑下來
但有時會
失敗。

鐵三，你聽我說

叟豆和卜偶

這兩個傢伙。

牠們會相互追著跑，

然後打成一團。

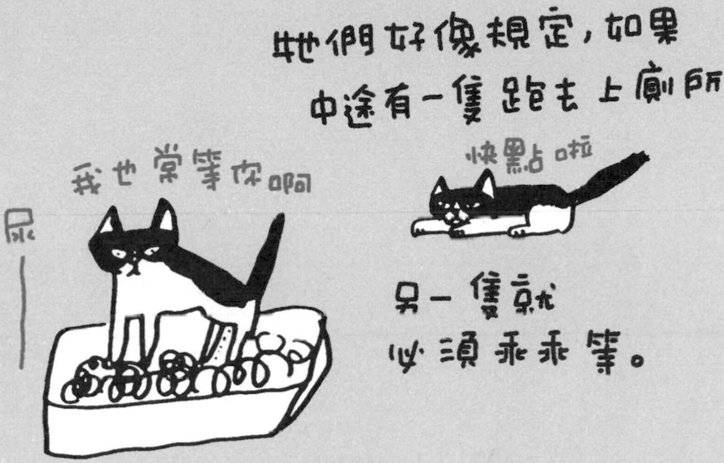
牠們好像規定，如果
中途有一隻跑去上廁所，
快點啦
我也常等你啊
尿——
另一隻就
必須乖乖等。

有一隻貓就夠可愛了，同時有兩隻貓，更是可愛到不行。看到叟豆和卜偶，我經常想起鐵三。

想當年，鐵三只有在我外出回家時，會用好像小嬰兒般的聲音輕輕「喵」一聲，而且每天只叫一次。想要提出什麼要求時，都會用態度表示。早晨叫我起床時，會一直拍打被子；想要出去時，會一直拍門。

叟豆都用叫來表達牠的要求。只要牠醒著，就一直在喵喵叫，撒嬌時，或是有什麼要求時，也會用叫聲表達。

卜偶很愛自言自語。牠總是哞喵哞喵的說個不停，好像在對某些我看不到的東西說話。

我總覺得叟豆和卜偶生活在鐵三曾經生活過的地方，牠們知道鐵三曾經在這裡。如果鐵三出現，牠們應該也會很自然的接受，只不過鐵三向來很討厭其他貓，一定會暴跳如雷。

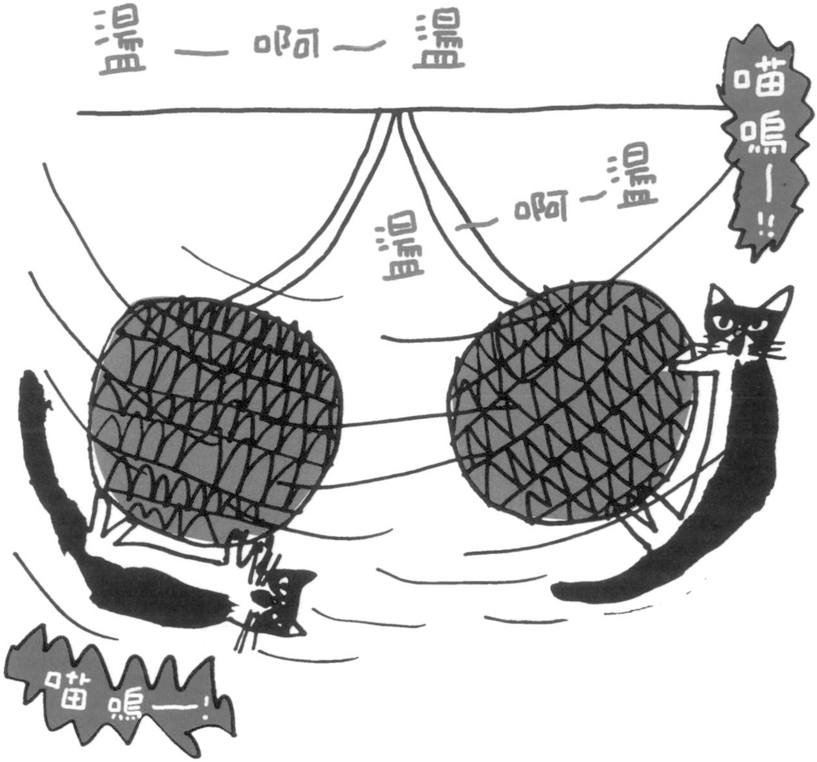

鐵三，你聽我說
叟豆這傢伙，
竟然掛在燈罩上
盪鞦韆。

鐵三，你聽我說
豐豆和卜偶這
兩個傢伙。
叭哩叭哩
叭哩
叭哩叭哩叭哩

牠們很喜歡用氣泡墊
磨指甲。
但氣泡墊裡面裝了畫，很希望
牠們趕快停止這種習慣。

鐵三，你聽我說卜偶這傢伙。

我打電話時，卜偶就會
叫個不停，
所以人家誤以為我有私生子。

還是說，卜偶也想
打電話給誰？

鐵三，你聽我說嬰豆和卜偶的門牙。

牙齒很小。

嬰豆的牙齒有縫隙，但卜偶的牙齒很整齊。

鐵三，你聽我說叟豆這傢伙。

牠很喜歡舔我的下巴。

每天要跑来舔我的下巴四次。

貓的舌頭很粗，
每次都舔得我很痛。

鐵三，你聽我說叟豆這傢伙。

我不小心忘了把米缸的

蓋子蓋好。

結果牠就用力挖米。

太危險了，
太危險了。

嗚哇，趕快住手一

鐵三，你聽我說
學豆和卜偶這兩個傢伙。

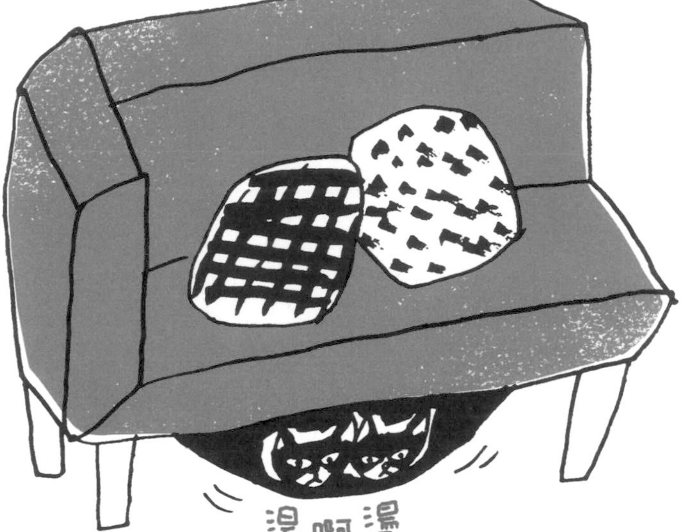

牠們把沙發下面的布扯破，把那裡當成搖床。

而且每次專門趁我經過沙發時幹壞事。

鐵三，你聽我說
學豆和卜偶
這兩個傢伙。

牠們把盆栽裡的泥土都挖出來，
當我早晨起床時，家裡到處都是泥土。

學豆和卜偶很有成就感，
渾身都閃著得意的光芒。

鐵三，你聽我說叟豆這傢伙。

喵～
（給我！）
吃飯！
我拿來了。
章魚！

牠聽得懂「吃飯」和「章魚」這兩個詞彙，但聽不懂我叫他「叟豆」這個名字。

事不關己
叟豆
叟豆！
喵／
什麼事？
卜偶
我不是叫你。

鐵三，你聽我說叟豆和卜偶
這兩個傢伙會發出

汪！ 或是

叟豆

噗歐一 或是

汪咩 或是

卜偶

噢噢嗚

的聲音。

搞不好
牠們不是貓。

鐵三，你聽我說
卜偶這個傢伙，
會一起來
開會。

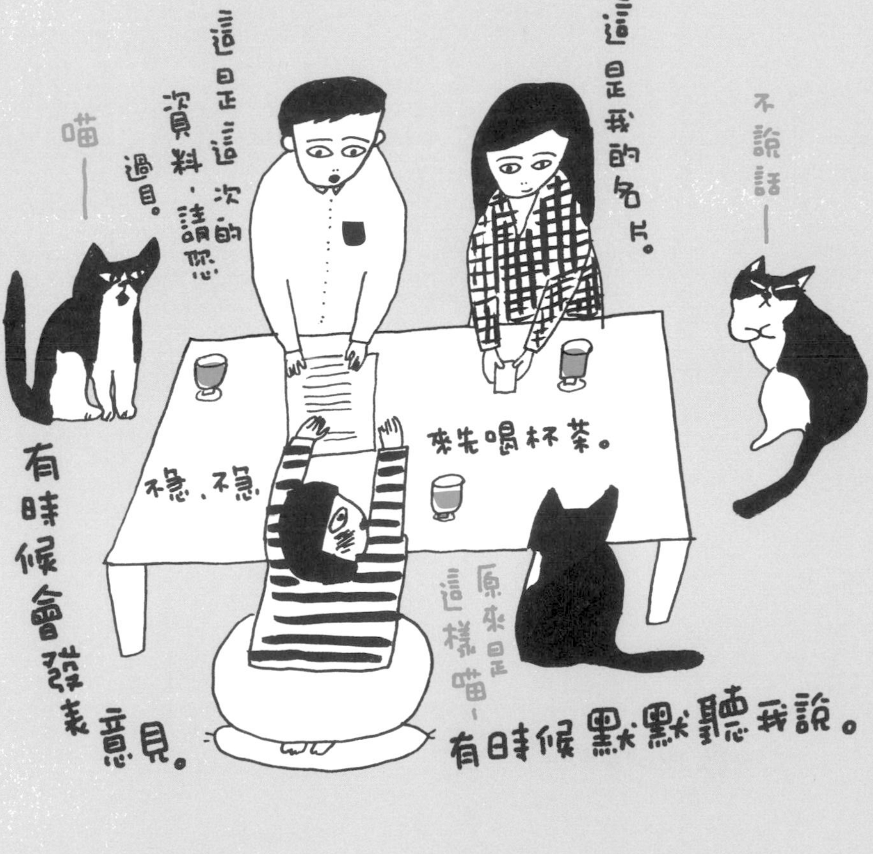
這是這次的資料，請您過目。
這是我的名片。
喵——
不說話——
來先喝杯茶。
不急，不急
原來是這樣喵～
有時候會發表意見。
有時候默默聽我說。

曾經發生過一件很好笑的事。有一天，我老公的弟弟來我家。叟豆和卜偶遇到陌生人來家裡時，每次都會躲起來，沒想到老公的弟弟來家裡，牠們仍然很放鬆的在客廳玩。我覺得很納悶，以為老公的弟弟看起來很親切，或是特別喜歡貓。

過了一會兒，我老公回家了。沒想到叟豆和卜偶慌忙躲進房間。我走過去一看，發現牠們躲在樓梯上偷窺。當老公走過去對牠們說：「叟豆、卜偶，我回家了。」一時，牠們竟然一溜煙逃走了。

牠們似乎覺得第一個不按門鈴就進家門的男人是家人，第二個走進家門的男人就是陌生人。貓無法靠氣味和動靜辨識人類嗎？話說回來，這件事讓老公有點沮喪。他真可憐。

鐵三，你聽我說叟豆這傢伙。

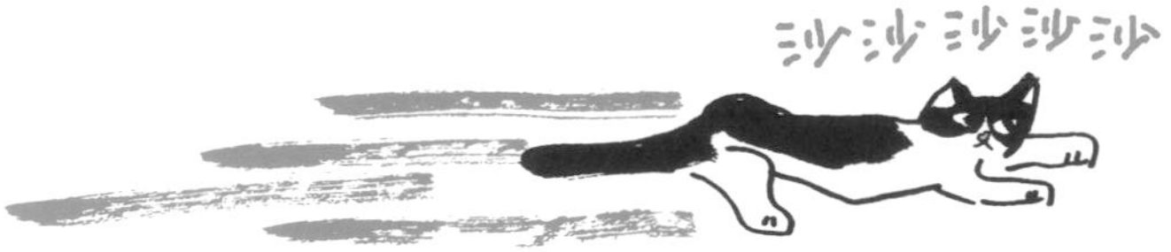

每次有陌生人上門，
牠走路就會把身體壓得很低，
然後壓低身體跑來跑去，
太搞笑了。

鐵三，你聽我說卜偶這傢伙。

牠喜歡把桌上的東西
全都掃到地上。

然後，就把桌子
當成自己的床
呼呼大睡。

啊—
清理乾淨
睡起來真
安心—

鐵三，

你聽我說嬰豆和卜偶這
兩個傢伙。

牠們會沿著床緣邊磨指甲
邊移動。

結果我的睡床
被牠們弄得面目全非，

看起來超破。

鐵三，你聽我說
嬰豆這傢伙。

牠喜歡吃掉在地上的貓食。

明明是相同的食物，真是搞不懂牠。

鐵三，你聽我說卜偶這個傢伙。

牠超會偷懶。

啊喲—
再睡5分鐘嘛，吵什麼吵—

早晨都不起床，

喂！你到底要睡到什麼時候！

喵嗚—

在發出這個叫聲的同時，

啊嗚—

還順便打一個呵欠。

鐵三，你聽我說叟豆這個傢伙。

只要我一走過去，牠就開始打滾。

有時候我還沒過去，牠就開始滾了。

鐵三，你聽我說叟豆這個傢伙。

每天用頭
頂我的下巴。

下嘴唇經常撞到牙齒，
害我嘴裡都是
口內炎的
破洞。

因為我就是
喜歡下巴啊，
接下來是舔下巴時間。

鐵三，你聽我說卜偶這個傢伙。

牠撒嬌的時候撞頭功很激烈，
我很納悶，難道牠不覺得痛嗎？

鐵三，你聽我說卜偶這個傢伙。

牠根本不把我的肚子當一回事。

鐵三，你聽我說嬰豆這個傢伙。

常常和被子的縫隙過不去。

被子的縫隙裡是不是有什麼？

鐵三，你聽我說叟豆和卜偶這兩個傢伙。

牠們喜歡新的紙。

只要稍微放一下，

牠們就會立刻躺上去。

即使是這麼小一張紙，

即使這麼小一條，牠們也很愛。

鐵三，你聽我說卜偶這個傢伙。

他很喜歡搶兜豆睡的地方。

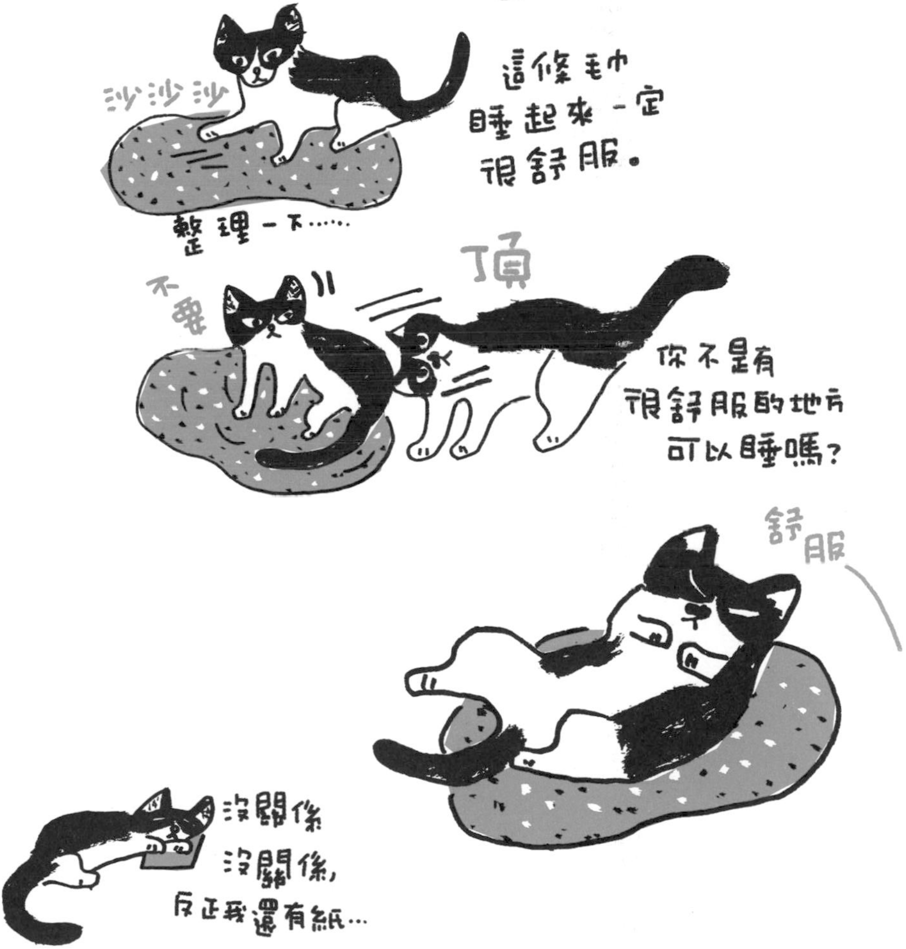
沙沙沙
這條毛巾
睡起來一定
很舒服。
整理一下……
頂
不要
你不是有
很舒服的地方
可以睡嗎？
舒服
沒關係
沒關係，
反正我還有紙…

牠的身體超級軟。

但牠身體實在太軟了，根本抱不起來啊。

鐵三，你聽我說嬰豆和
卜偶這兩個傢伙，

體會了第一次搬家。

卜偶在貓籃裡翻來翻去翻過頭，
結果貓尿墊全都濕透，
渾身都沾到了尿。

嬰豆在貓籃角落縮成一團，
不停的顫抖。

只不過牠們很快就適應了新家。

鐵三，
你聽我說
叟豆和卜偶
這兩個傢伙。

每次棕黑雙色的流浪貓
秀秀一來，牠們就很激動。
八成因為秀秀是女生，牠們戀愛了。

搬家之後，我發現住家附近有很多流浪貓。叟豆很在意那些流浪貓，所以每天都在窗邊睡午覺，隨時注意觀察。卜偶則是把監視任務交給叟豆，只要叟豆一發出訊號，牠就立刻飛奔過去。

會來串門子的流浪貓成員大致固定，叟豆和卜偶最喜歡雙色貓秀秀。只要秀秀一出現，牠們就會把鼻子緊貼著玻璃，興奮得不得了，所以窗戶上有很多牠們濕濕的鼻子留下的鼻印。

秀秀好像故意在挑逗叟豆和卜偶，一下子在對面房子的屋頂上露出肚子，一下子用屁股對著牠們睡覺，充分發揮了小惡魔的本領。叟豆和卜偶平時整天睡得東倒西歪，但秀秀出現時，兩隻貓都挺直了身體，努力展現自己。只不過我這個當媽媽的覺得，兄弟貓都搶同一隻貓，未免太令人擔憂了。

不知道她明天
會不會來？
我不知道…
拜託妳去叫
牠來嘛～

鐵三，你聽我說
卜偶這個傢伙。

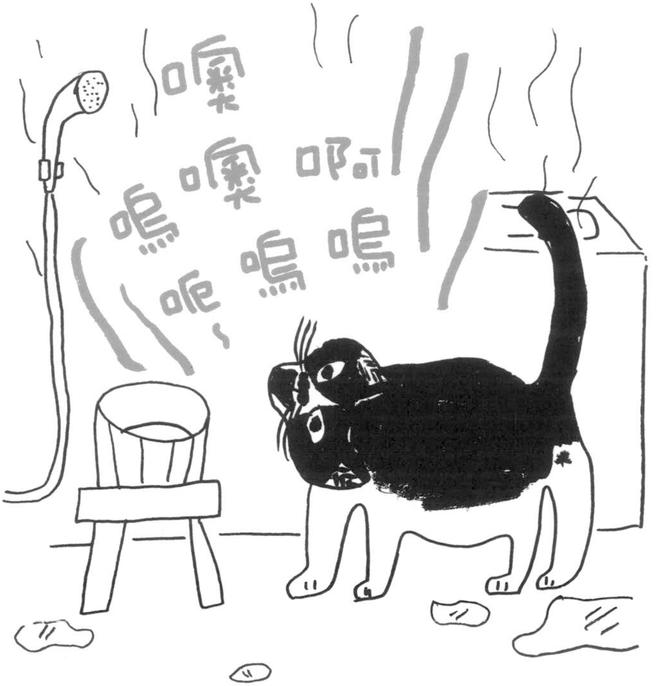

牠會在浴室用奇怪的
聲音大叫，因為外面可以聽到
牠的叫聲，害我超丟臉。

鐵三，你聽我說卜偶這個傢伙。

真乖，真乖，你好可愛。

咕嚕咕嚕咕嚕
咕嚕咕嚕咕嚕

牠發出
咕嚕咕嚕的
聲音超大聲。

咕嚕 咕嚕
咕 嚕
雖然很可愛，
但真的很吵，我睡不著!!
咕嚕 咕嚕咕嚕

鐵三，你聽我說叟豆和卜偶這兩個傢伙。
醫生為牠們擦驅蟲藥的時候。
即使吃了也沒有危害。
但還是擦在舔不到的地方，所以沒問題。
醫生
滴
涼涼
雖然醫生這麼說，
好奇怪的味道
好奇怪的味道
但牠們互相舔來舔去。
結果都吐了。
嗚呃
嗚呃

鐵三，你聽我說
叟豆和卜偶這兩個傢伙。

吃飯的方式完全不一樣，
體型也不一樣。
太奇怪了。

大口吃
狼吞虎嚥
吃得
滿地都是
苗條

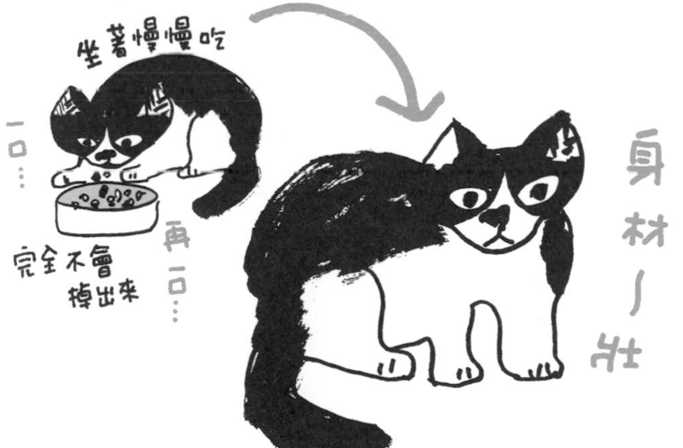
坐著慢慢吃
一口…
再一口…
完全不會
掉出来
身材一壯

鐵三，你聽我說學逗這個傢伙。

只要樓梯上
放一個黑色的
皮包，牠就
不敢
走上去了。

雖然鼓起勇氣，伸手想去推，
但雙腿發軟。

鐵三，你聽我說學豆和卜偶這兩個傢伙。

牠們會吃假花。

但吃了之後就吐了，牠們下次就不敢再試了。

鐵三，你聽我說叟豆和卜偶這兩個傢伙。

我家出現了大量螞蟻。

抓
趕快抓
溜
快逃啊一
慘了
快逃啊～
慘了

起初牠們還很認真抓螞蟻，
但數量實在太多了，
最近好像根本不在意了。

不動
不動

滿滿都是貓的日子　漫畫

和

愛貓生活久了之後，會發生許許多多無法用一張畫表達的生活故事，不知道是否因為養了兩隻貓的關係，所以發生的事也比之前多了兩倍。兩隻貓之間的故事也很有趣。只要看著這兩隻身材和性格都完全不同的貓，就會發現每天都發生了不少趣事。

叟豆很神經質，聰明伶俐，也很活潑，雖然動作很快，但沒什麼力氣。卜偶整天都呆呆的，無論發生任何事都不為所動，但牠的拳頭很硬，破壞力超強。

我家浴室的門平時都敞開著，但因為貓都在家裡跑來跑去，有時候門會自己關上。叟豆和卜偶好幾次都被關在浴室，但兩隻被關時的不同反應太有趣了。

卜偶被關在浴室時，叟豆會不顧一切的跑來向我求救，對我大聲叫著「喵噢喵噢」。我很納悶的看著牠，不知道牠想表達什麼，牠就跑去浴室，然後跑回來對著我叫，然後又跑過去，再跑回來叫不停，把我帶去浴室。我打開浴室的門，看到卜偶呆坐在浴室內，才發現牠被關在浴室。

叟豆被關在浴室時，兩隻貓都會不見蹤影，只聽到遠處傳來叟豆的叫聲，納悶牠跑去哪裡了，在家裡找了半天，聽到嫂豆在浴室內大叫，卜偶呆呆的坐在浴室門口，我才知道嫂豆被關在裡面。雖然我對卜偶說：「卜偶，你應該救嫂豆啊。」但牠仍然一臉呆樣，完全不在意。有一次，嫂豆被關進浴室，而且還掉進裝了水的浴缸，卜偶仍然傻傻的坐在浴室門口。

和這兩隻貓生活在一起，日常生活中當然會發生各式各樣的狀況。前一刻還看到牠們感情很好的相互舔著身體，下一刻就互咬、互打起來，過了一會兒，兩隻貓又躺在一起睡覺了。

嫂豆和卜偶今年（二〇一六年）四歲了，以人的年紀來說，剛好和我的年紀相仿。牠們明年就比我年長了，但還是沒有定性，每天都輪流跑來舔我的下巴和鼻子，好像在向我宣告，要一輩子當「媽寶貓」。

叟豆卜偶的夜晚

晚安
晚安
Miroco
老公
你想一起睡嗎？
啊喵～
叟豆
真可愛真可愛
咕嚕咕嚕咕嚕咕嚕咕嚕咕嚕咕嚕
叟豆已經睡在這裡了，你不可以再進來
嗚喵～
卜偶

不可以這樣
你給我讓開
嗚啊
揮拳
叟豆，
對不起—
動來動去
呿
叟豆，
來這裡吧
咕嚕
呸
真可憐…
咕嚕
沮喪

叟豆卜偶翹家記

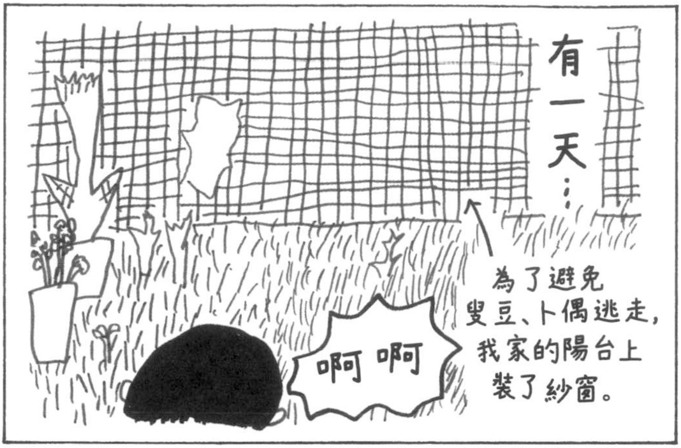

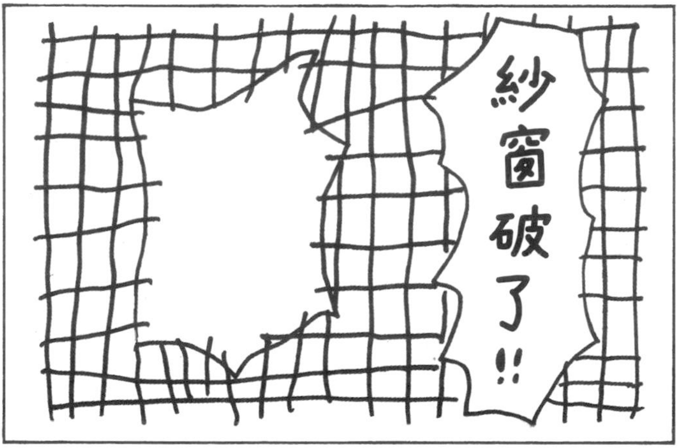

叟豆——
卜偶——
不顧一切的
衝出家門
趕快回家——！

我在住家附近
四處尋找
叟豆—！
卜偶—！

沒想到很快就找到牠們了!!
鄰居家
我家

啊啊—太好了—啊啊—
呃
嗯
溜走
喔喔
喔喔
咻—咻
啊啊
等一下—

當頭——一棒…
顫抖不已
驚魂未定

唉
那、那就先把人偶帶回家。

我去找叟豆，你乖乖在家裡等我們。
喵嗚
我也想出去～

靜悄悄
叟豆你在哪裡？
叟豆—
我只好又在外面東張西望，
四處尋找。
叟豆你在哪裡？
叟豆—
叟豆…
啊

該該該
該不會…

該該該該該
噠噠噠
該不會…
噠噠噠

啊啊—
陽台窗戶沒關!!
我就知道!

再見囉
卜偶再次逃走

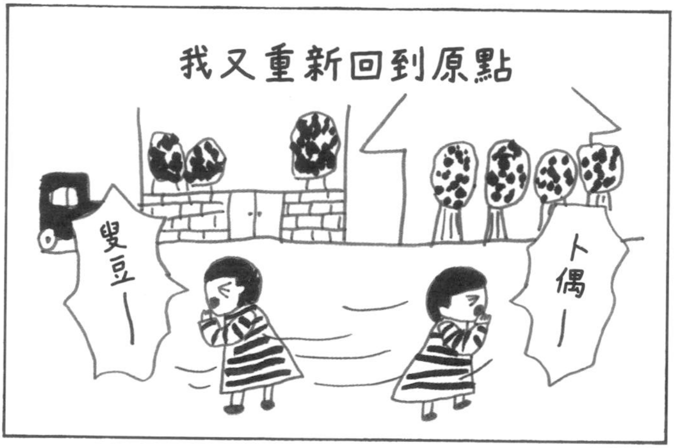
我又重新回到原點
叟豆——
卜偶——

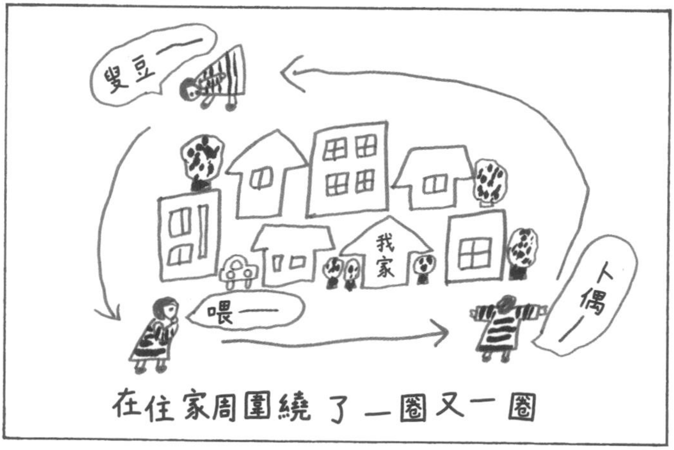
叟豆——
我家
喂——
卜偶——
在住家周圍繞了一圈又一圈

遇見
賣養樂多的小姐！
啊
那個
兩隻長成
這樣的

黑白貓
請問妳有沒有看到!?
啊啊
我有看到
在在在在哪裡？
什麼時候？
什麼時候？
在哪裡？

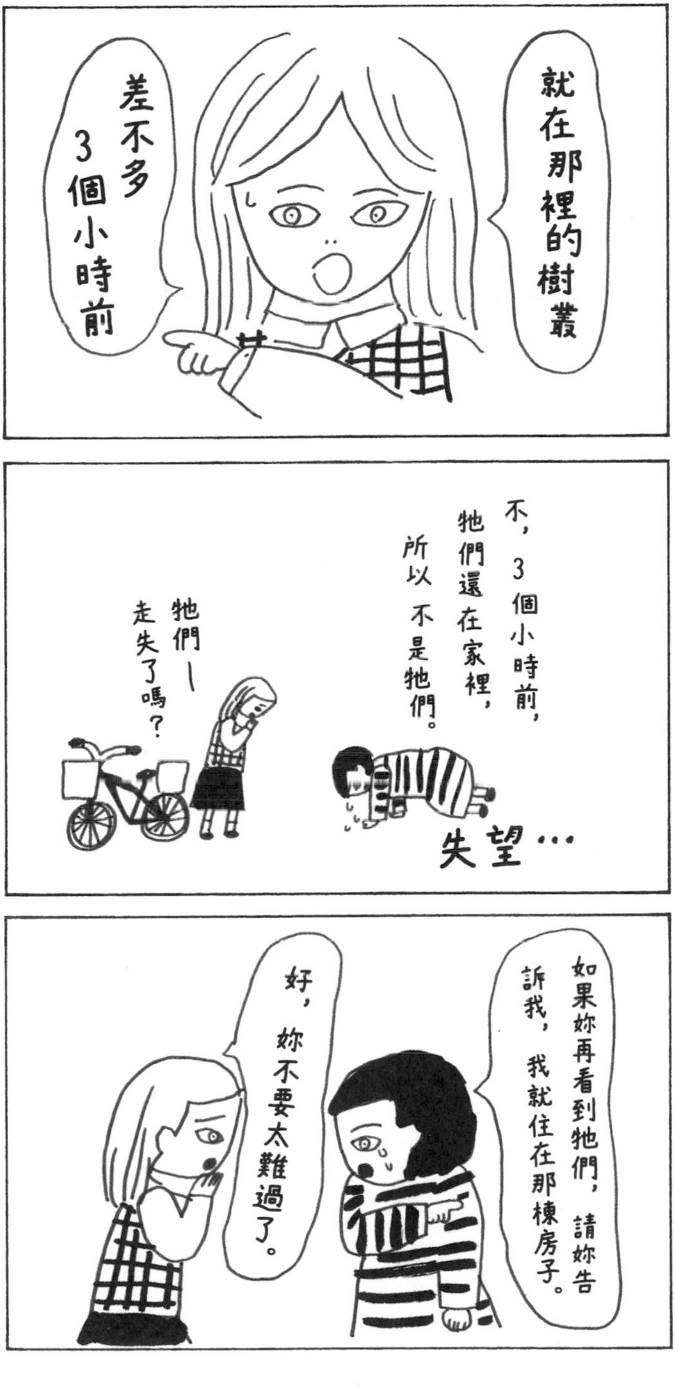
就在那裡的樹叢
差不多3個小時前
不，3個小時前，牠們還在家裡，所以不是牠們。
牠們一走失了嗎？
失望…
如果妳再看到牠們，請妳告訴我，我就住在那棟房子。
好，妳不要太難過了。

在哪裡—
嗚嗚
養樂多小姐人真好…

突然發現了卜偶!!
呆坐
啊

但是，一定要格外小心！
聞味道
如果嚇到牠，牠又逃走就慘了。

卜、卜偶～
啊
自以為像
平時一樣，
渾身散發出溫柔
的感覺
啊喵～
噠噠噠
啊，牠一下子
就撲了過來～
我真傻—
我真傻—
嗚呃

這次我記取教訓，把陽台的窗戶關上了！
又被抓到了
喵嗚～
現在只剩下叟豆了
靈光一一一現
啊，對了
我家是二樓房子
也許去樓上比較容易找到

叟豆ー
叟豆ー!!
喵嗚ー
啊
聽到牠的叫聲了

要搞清楚
叟豆ー
叟豆ー!!
更加詳細的位置
喵ー
喵嗚!!
咦？

叟豆ー!!
喵嗚——!!!
你先閉嘴，我在找叟豆！
是這樣喔？
叟豆ー!!
喵ー!!!!
喵嗚ー…

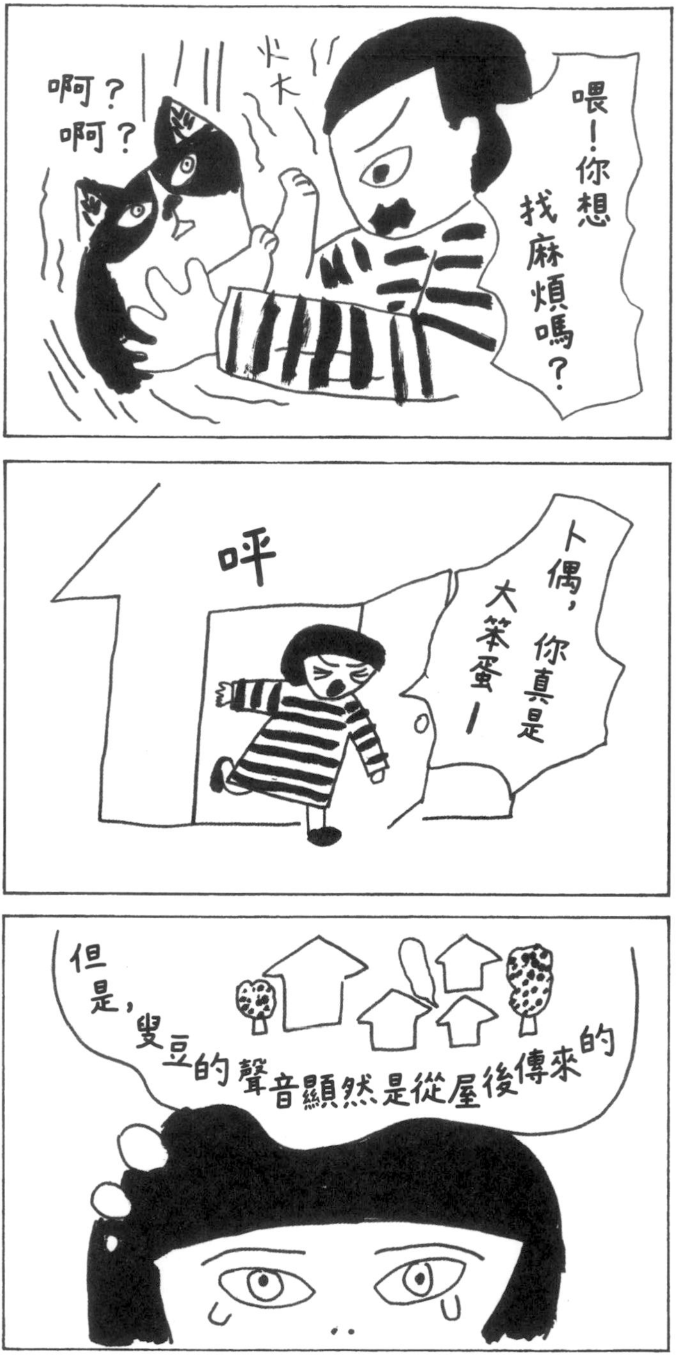
啊？
啊？
火大
喂！你想找麻煩嗎？
呼
卜偶，你真是大笨蛋！
但是，叟豆的聲音顯然是從屋後傳來的

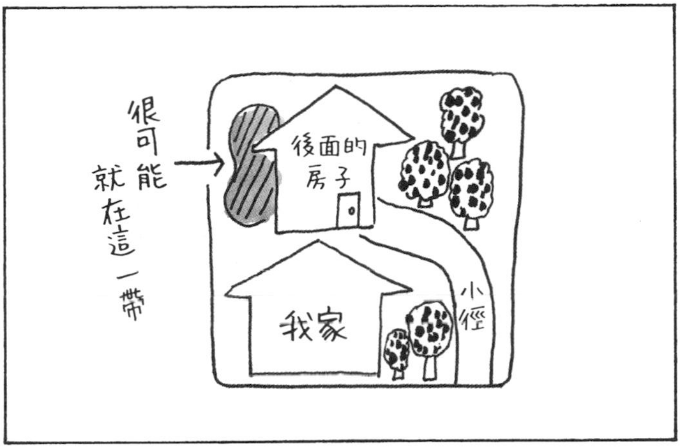
很可能就在這一帶
後面的房子
我家
小徑

那我就去後面的鄰居家，
請他們讓我去院子裡找一找。

後田家
叮咚ー

靜——悄悄…

打擾一下—
我住在前面那棟房子—

喵嗚—

啊
牠在那!!!
不好意思，
打擾一下
叟豆!

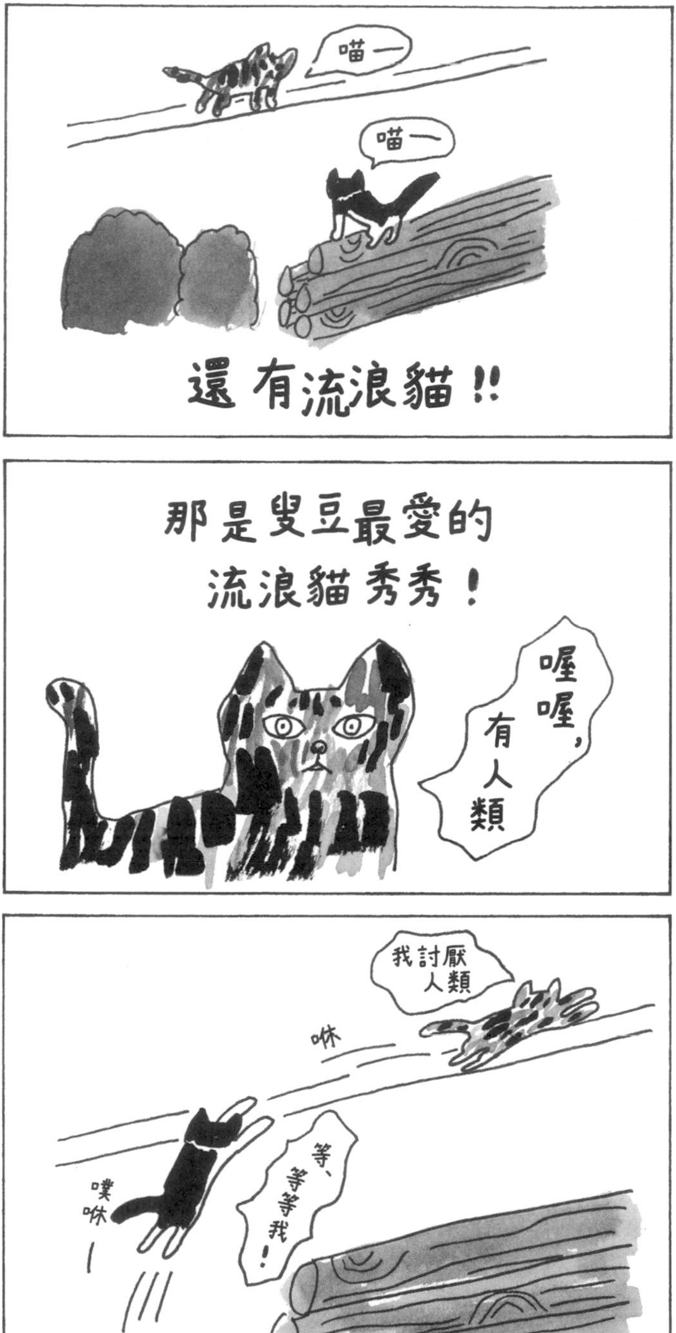
喵—
喵—
還有流浪貓!!
那是叟豆最愛的
流浪貓秀秀！
喔喔，有人類
我討厭人類
咻
噗咻—
等、等等我！

別走
叟豆

當頭———一棒
又躲去更裡面了…

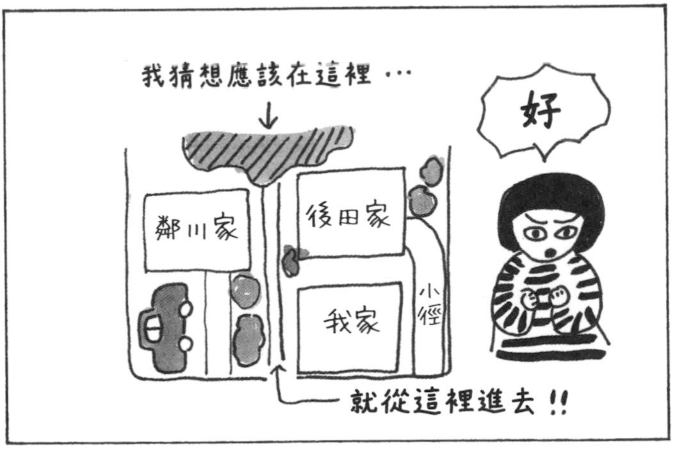
我猜想應該在這裡…
好
鄰川家
後田家
我家
小徑
就從這裡進去!!

鄰川家
不知道為什麼隔了鐵皮，但下方開了口
我家
但眼前的道路很艱難

只能
衝了!!

miroco今年34歲，職業繪本作家，
正在匍匐前進
沙哩
沙哩
沙哩
沙哩

鄰川家的圍籬
很窄
只能側着身子走

鄰川太太
偏偏在
這種時候
出來了
喀答
啊
啊
不是啦，
因為

啊呦，原來
是隔壁的太太
請問
有什麼事？
不是啦，因為
我家的貓逃走了，
我正在找牠
（要不要乾脆讓我去
你家的院子找一找？）
一直
側著身子

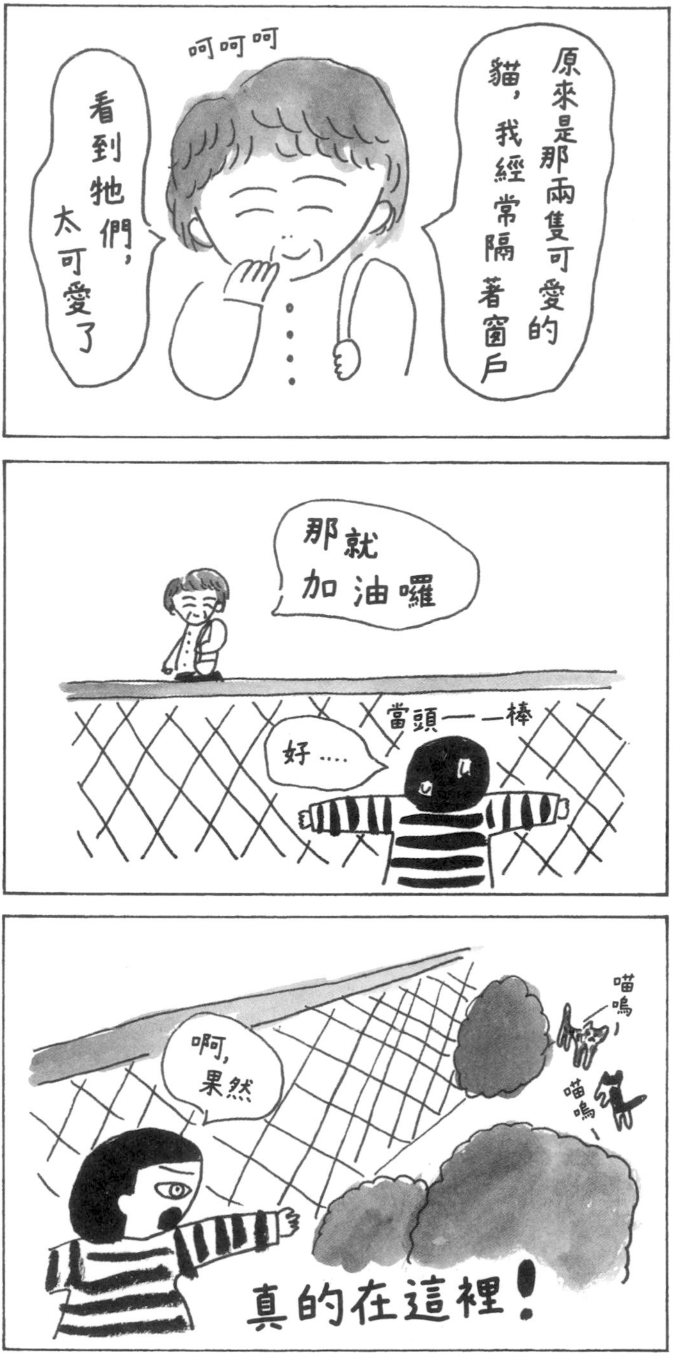

呵呵呵
原來是那兩隻可愛的貓，我經常隔著窗戶
看到牠們，太可愛了
那就加油囉
當頭——一棒
好….
喵嗚～
喵嗚～
啊，果然
真的在這裡！

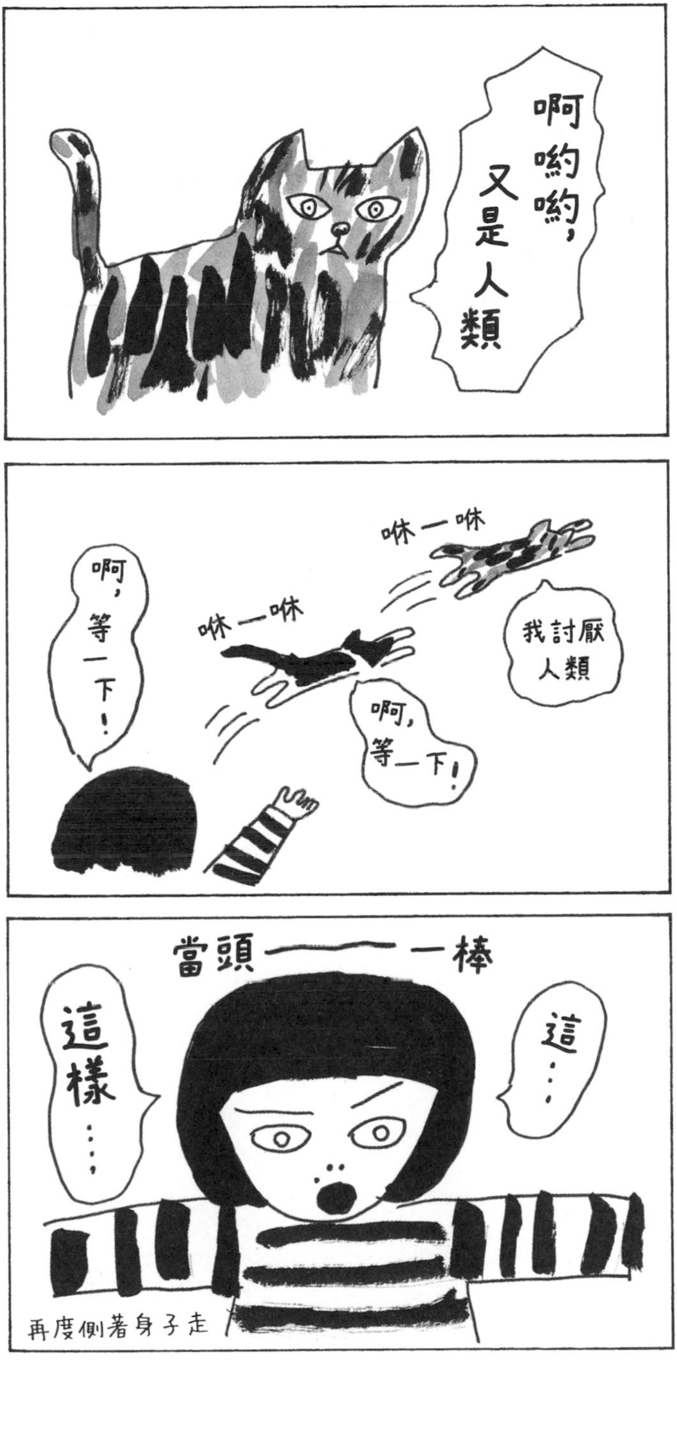
啊呦呦，又是人類
咻一咻
我討厭人類
咻一咻
啊，等一下！
啊，等一下！
當頭——一棒
這……
這樣……，
再度側著身子走

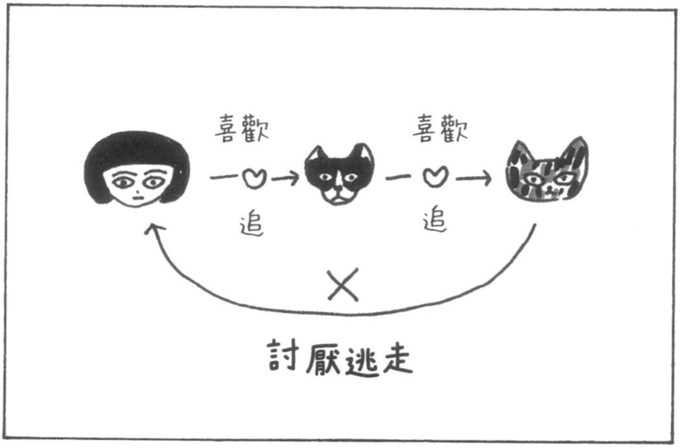
喜歡
追
喜歡
追
討厭逃走

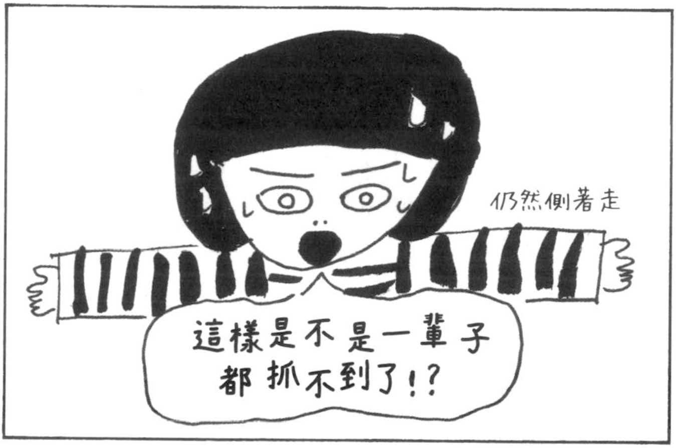
仍然側著走
這樣是不是一輩子
都抓不到了!?

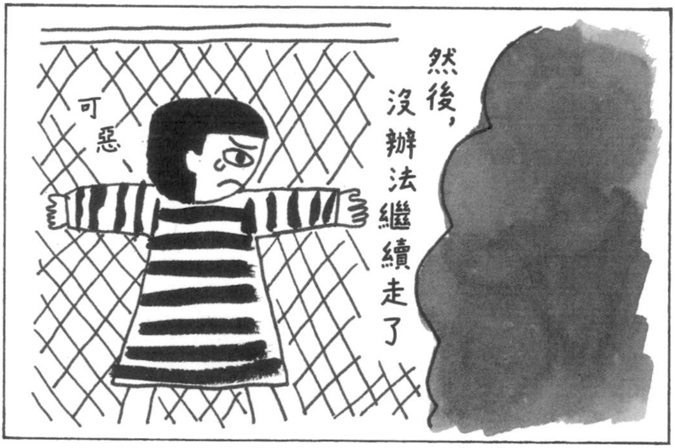
然後，
沒辦法繼續走了
可惡、

慢慢側著走回來

踉蹌倒退
渾身
都是泥土，
渾身沾滿草
沙哩
沙哩
沙哩
沙哩

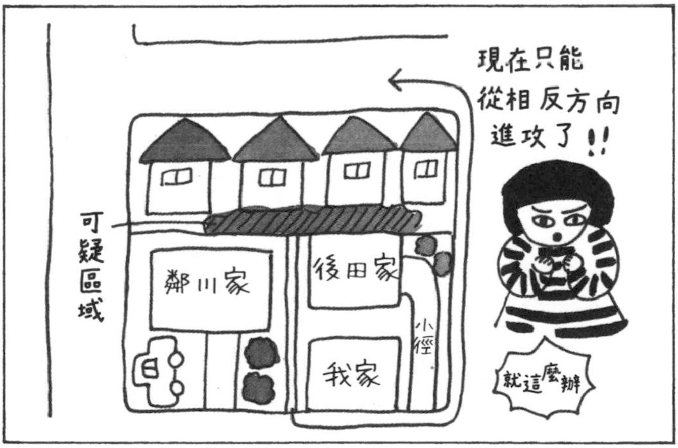
現在只能
從相反方向
進攻了!!
可疑區域
鄰川家
後田家
小徑
我家
就這麼辦

但是，繞到相反方向後，發現那裡
簡直是異國！全都是不認識的人家！
咚咚

只能逐一清查了
握拳

叮咚～
好啊，請進！
不好意思，我家的貓逃走了，
請讓我去你家院子找一下～

叟豆—
噠噠噠
沒有…
叮咚—
請進—
不好意思，我家的貓逃走了，
請讓我去你家院子找一下—

叟豆—~
噠噠噠
沒有…
叮咚—
不好意思，我家的貓逃走了，
請讓我去你家院子找一下～
好啊，請進—

叟豆ー
噠噠噠
找到了!!
喵ー
喵ー
但在隔壁人家的院子
噠噠噠

叮咚—
不好意思，我家的貓—
靜悄悄...
逃走了—
叮咚
叮咚 叮咚
叮咚
你家的—

為什麼偏偏這戶人家沒有人—!!
慌
慌

叮咚—
噠噠噠

喀嚓
啊，來了來了
找到貓了嗎？

我家的貓在隔壁
那戶人家的院子裡，
但隔壁好像沒有人，
我可以去隔壁家院子嗎？
呃
妳問我能不能去
隔壁人家的院子，
請妳相信我
我絕對不會做壞事
聽我說

他們家的車子不在，所以應該出門了
既然這樣，好像也沒其他辦法
謝謝你!!
鄰居太太終於同意了
不，我並不是答應妳……
怎、怎麼回事?
怎、怎麼了?
慢慢靠近
絕對不能嚇到牠!

怎、怎麼了
怎、怎麼了
左看右看

怎

怎麼了

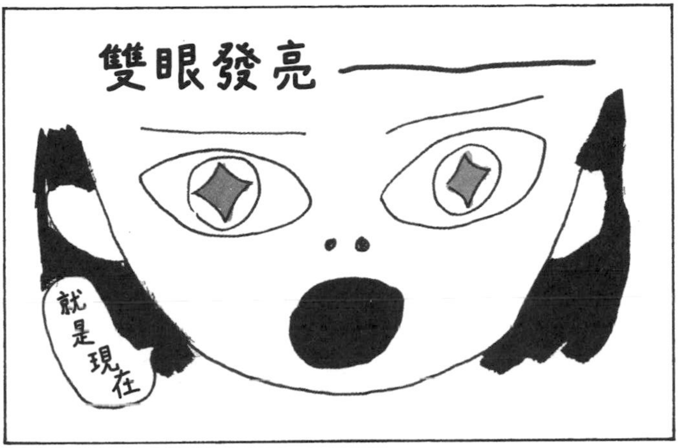
雙眼發亮
就是現在

抖抖
用力抱緊

抓到了

抓到了

抓到了!!!
啪啪嘎啪——!!!

哇哇哇
抓到了～
抓到了～
哈哈～
這、這是怎麼回事?

喔，你們回來啦。
卜偶，我們回來了～
喵嗚～

啊啊，家裡有貓
你覺得怎麼樣？
我被抓到了，咕
我也是
真是太棒了!!

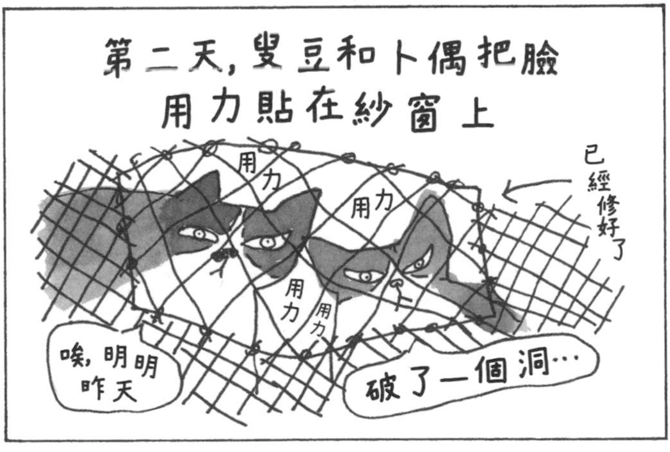
第二天，叟豆和卜偶把臉用力貼在紗窗上
用力
用力
用力
用力
已經修好了
唉，明明昨天
破了一個洞…

卜偶這傢伙

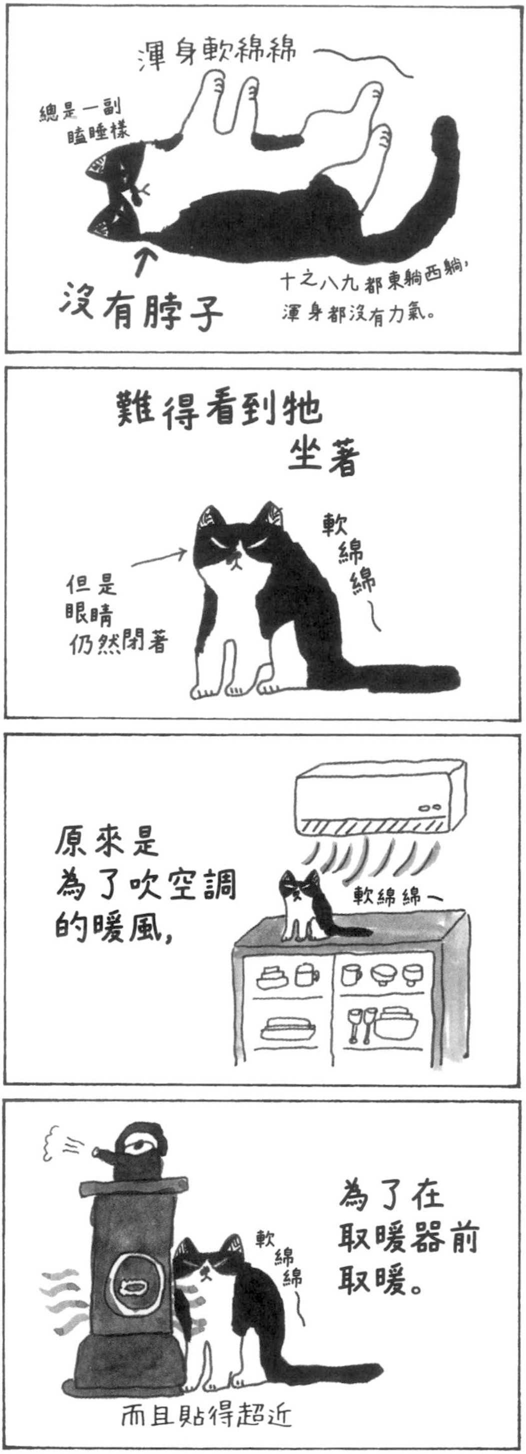
渾身軟綿綿
總是一副
瞌睡樣
沒有脖子
十之八九都東躺西躺，
渾身都沒有力氣。
難得看到牠
坐著
但是
眼睛
仍然閉著
軟
綿
綿
原來是
為了吹空調
的暖風，
軟綿綿
為了在
取暖器前
取暖。
軟
綿
綿
而且貼得超近

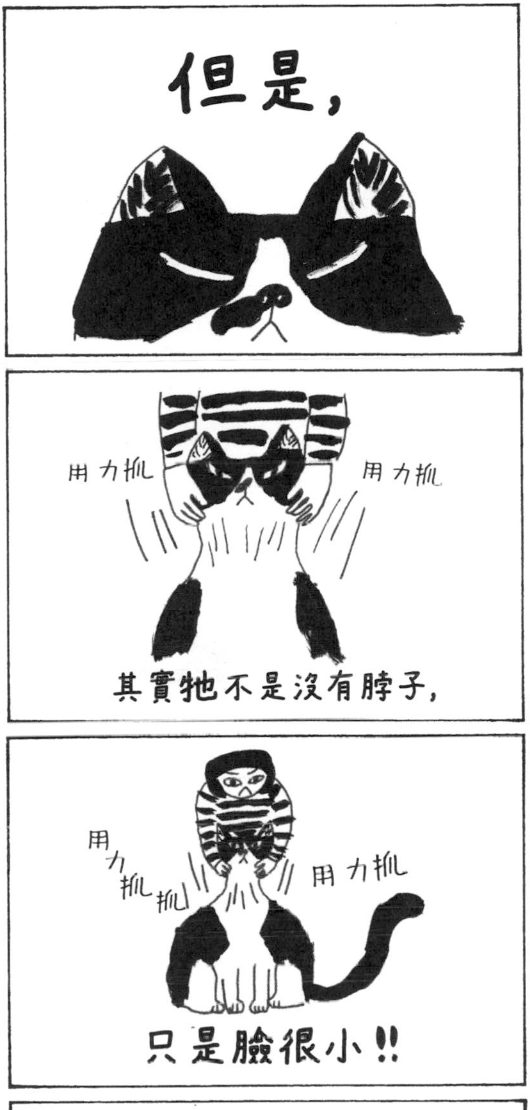
但是，
用力抓
用力抓
其實牠不是沒有脖子，
用力抓抓
用力抓
只是臉很小!!
軟綿綿——
怎樣啦——

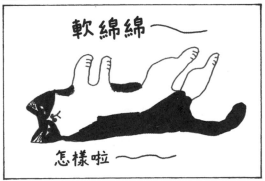

叟豆的項圈

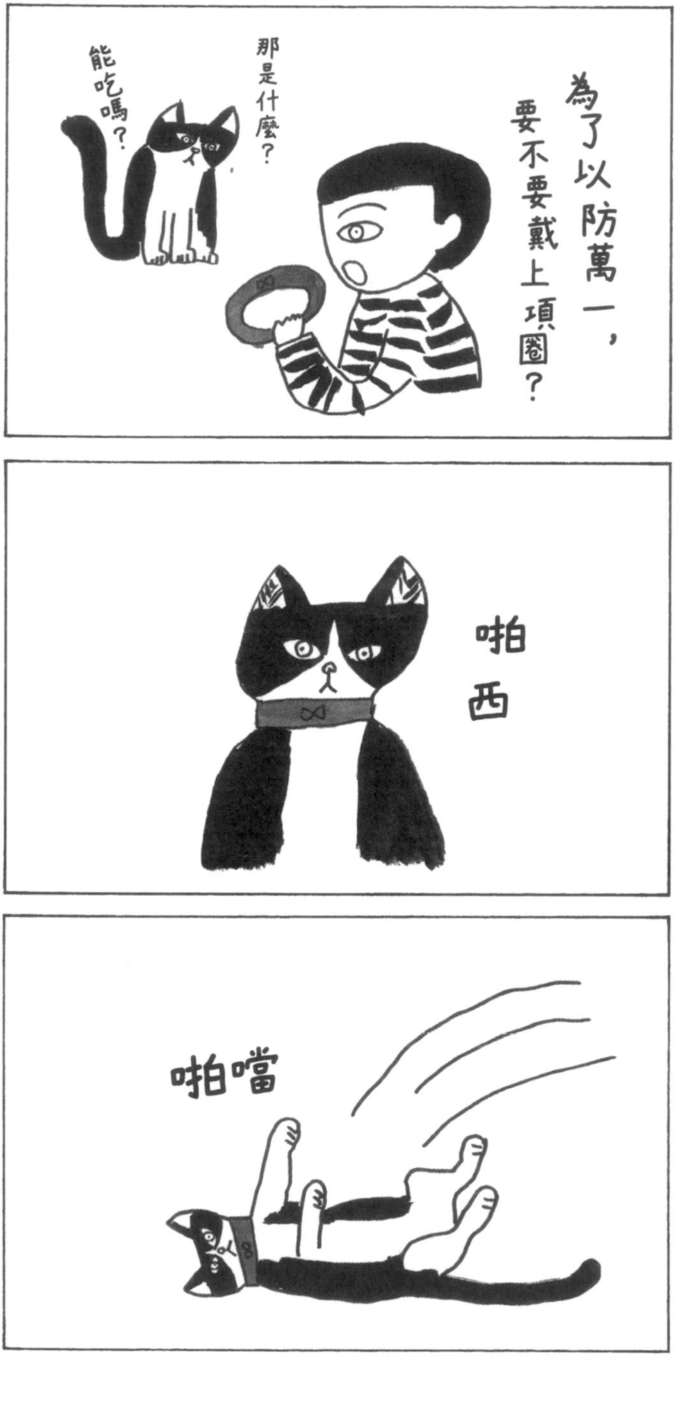
為了以防萬一，
要不要戴上項圈？
那是什麼？
能吃嗎？
啪西
啪嚐

搖頭晃腦
搖頭 晃腦
嘶沙沙沙沙沙
嘶沙沙沙沙沙
打滾 打滾 打滾
趕、趕快讓我幫你拆下來
打滾 打滾 打滾

要不要來當我家的貓？大作戰

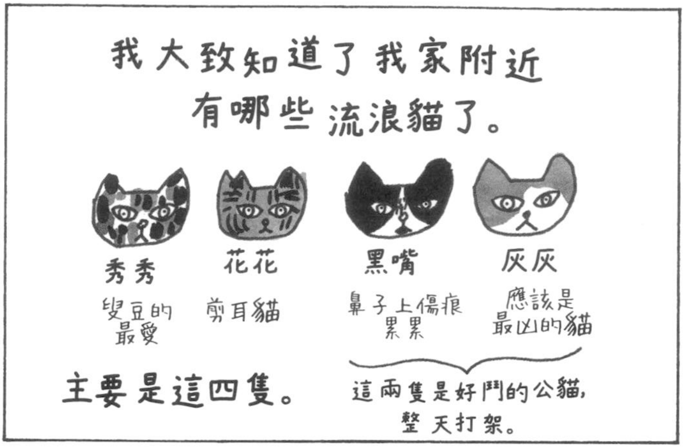
我大致知道了我家附近
有哪些流浪貓了。
秀秀
叟豆的最愛
花花
剪耳貓
黑嘴
鼻子上傷痕累累
灰灰
應該是最凶的貓
主要是這四隻。
這兩隻是好鬥的公貓，
整天打架。

有一天，突然出現了新成員。
大家好，我是花白貓。
看起來很可愛，
而且好像也很年輕。

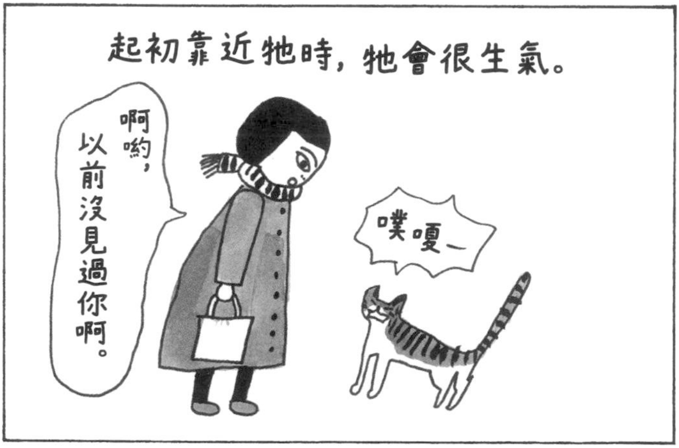
起初靠近牠時，牠會很生氣。
啊喲，以前沒見過你啊。
噗嘎—

當我這麼說時，
牠就過來撒嬌
啊喲啊喲，
別生氣嘛。
依偎~
喵嗚——
因為很不怕生，
我以為是別人
養的貓。
你要趕快回家喲。
喵嗚——
沒想到，隔天早晨
miroco
咦
喵嗚

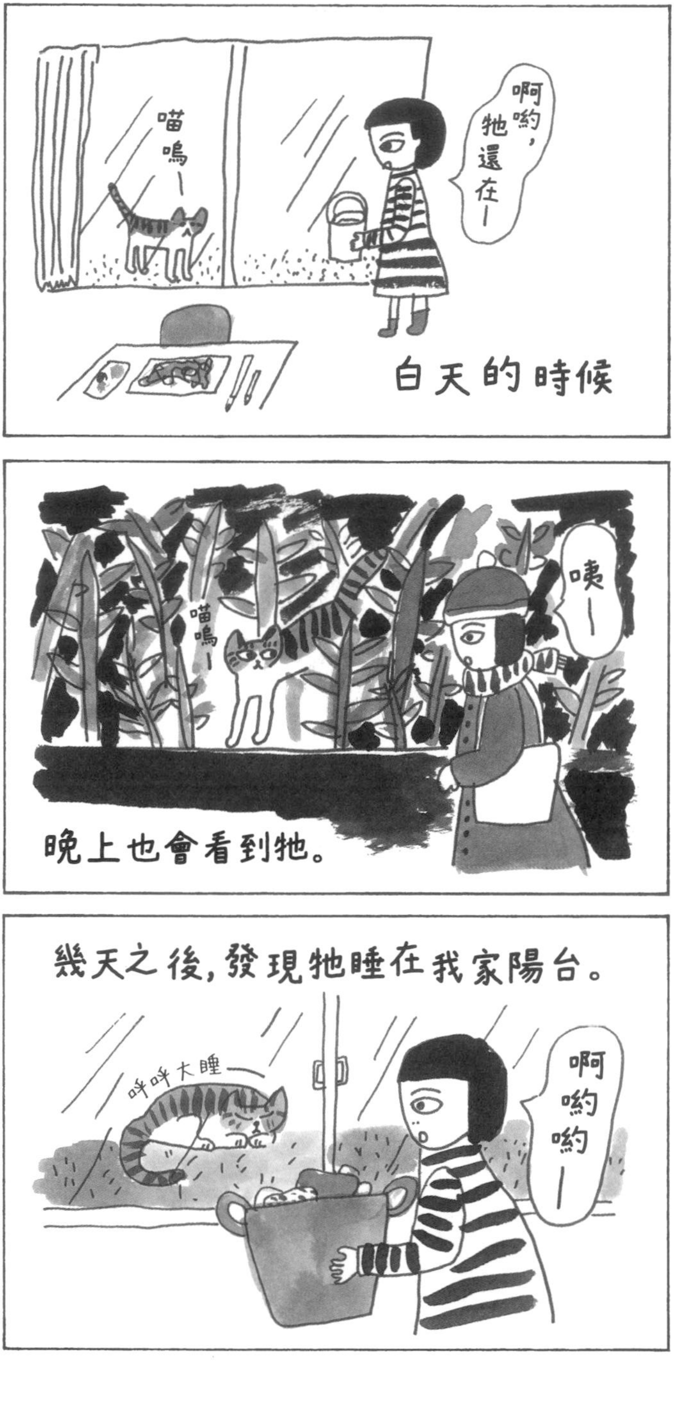
喵嗚—
啊喲，牠還在—
白天的時候
喵嗚—
咦—
晚上也會看到牠。
幾天之後，發現牠睡在我家陽台。
呼呼大睡—
啊喲喲—

我試著用玩具和牠玩，
來啊
喔喔，看起來很厲害喔。
用力咬
牠很會玩。
最後，當我開著窗戶時，
牠會自己跑進來。
嗅聞嗅聞
牠跑進來了!!

然後偷走了玩具。

隔著紗窗和叟豆、卜偶打招呼。

三隻貓都玩得很開心的樣子。

既然這麼自在，要不要
來當我家的貓？

於是，就展開了
要不要來當我家的貓？
大作戰。
就這麼辦

因為
牠很可愛，
所以就叫牠
小可愛。

最後簡稱為小可。
嘿嘿

擔心突然抓牠，牠會受到驚嚇，
所以就試著餵牠。
牠用力抓過去，似乎要我趕快給牠
要吃嗎？
喔，好厲害

牠好像
沒什麼警戒心。
大口吃

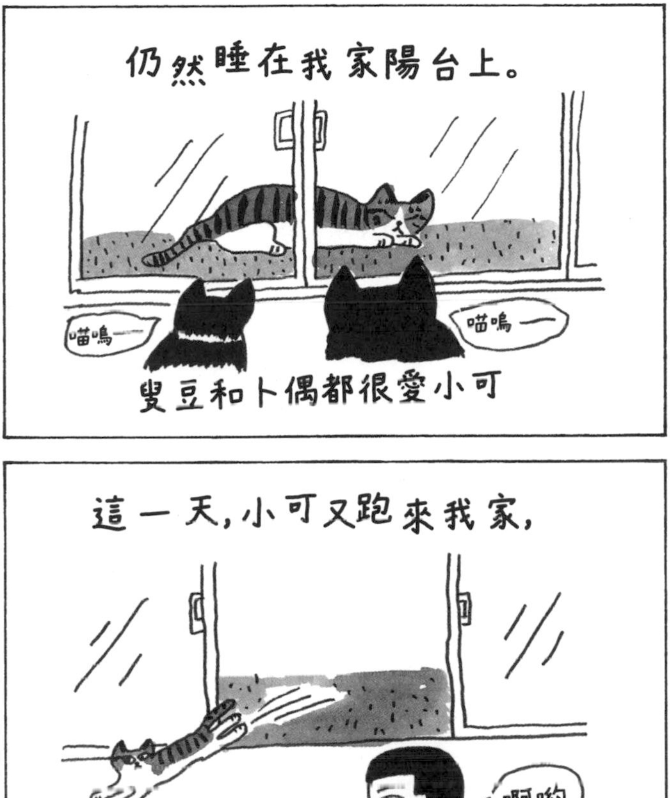
仍然睡在我家陽台上。
喵嗚——
喵嗚——
叟豆和卜偶都很愛小可
這一天，小可又跑來我家，
啊喲
我試著關上窗戶。
嘎啦嘎啦嘎啦
關上了！
你要怎麼辦？
啊！

啊
啊

雖然有點吃驚
噠噠噠——

牠自己跑去1樓
（叟豆和卜偶
被關在房間）

跑去
看浴室

又跑去聞叟豆和卜偶
廁所的味道
嗅聞 嗅聞

然後
又跑去2樓

興致
勃勃

牠果然一點都不怕生，
是不是哪一家養的貓？

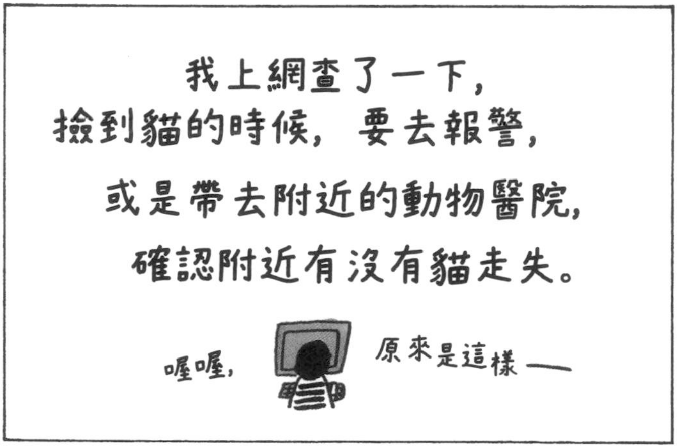
我上網查了一下，
撿到貓的時候，要去報警，
或是帶去附近的動物醫院，
確認附近有沒有貓走失。
喔喔，
原來是這樣——

而且現在社群網站很發達，
可以在推特上問看看。

小可，
把你介紹給叟豆和卜偶之前，我們
先去醫院好嗎？
醫院？

牠也乖乖進入貓籃。

怎樣？
怎樣？
把小可裝進貓籃後，
就把叟豆和卜偶
放了出來。

怎樣？
怎樣？

怎樣？
嗅聞
嗅聞
怎樣？

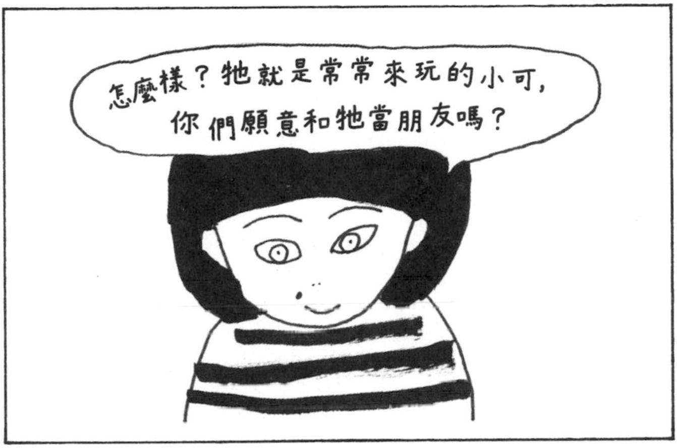
怎麼樣？牠就是常常來玩的小可，
你們願意和牠當朋友嗎？

齜牙一！
咧嘴一！

為什麼讓牠跑來
我們家？
不是說好只能
在陽台嗎？
就是啊
喵嗚
喵嗚
是喔
是喔，
原來你們
在生氣。
?

我能理解你們的心情，
但如果牠來我們家，你們要和牠
當好朋友。
真的
假的？
不會吧？

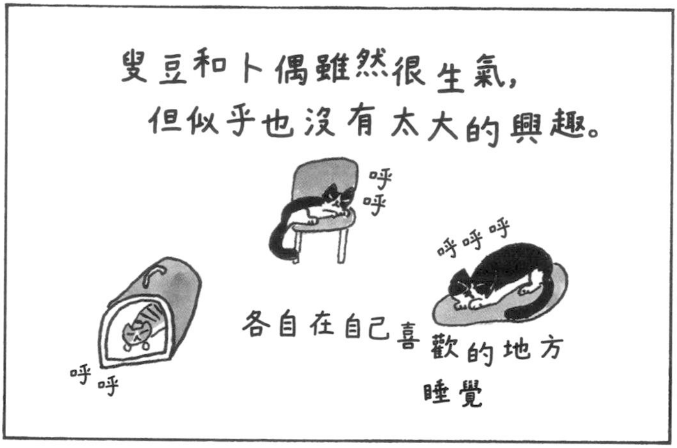
叟豆和卜偶雖然很生氣，
但似乎也沒有太大的興趣。
呼
呼
呼呼呼
呼
呼
各自在自己喜歡的地方
睡覺

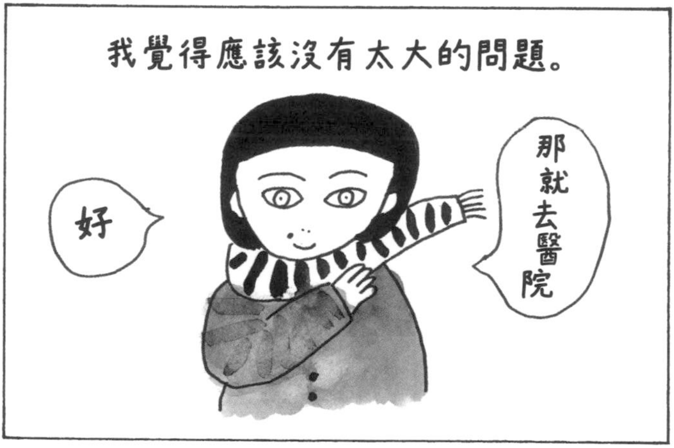
我覺得應該沒有太大的問題。
好
那就去醫院

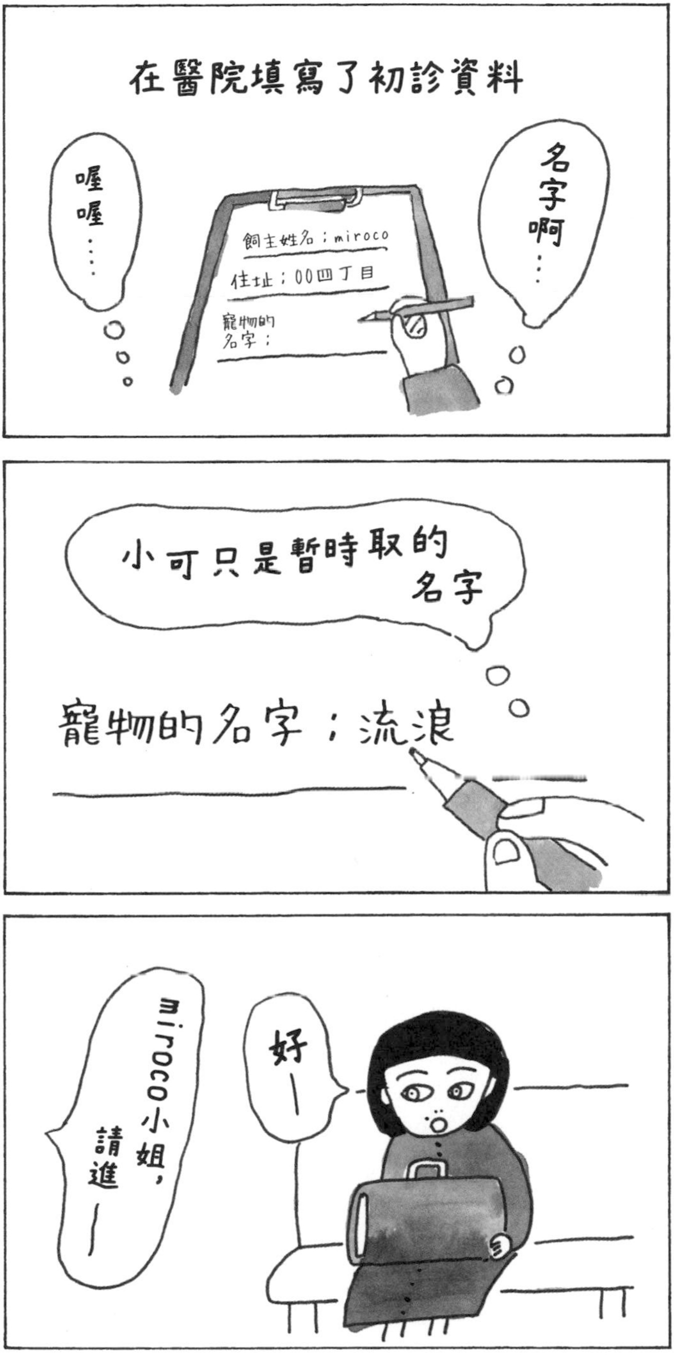
在醫院填寫了初診資料
喔喔……
名字啊……
飼主姓名；miroco
住址；OO四丁目
寵物的名字；
小可只是暫時取的名字
寵物的名字；流浪
miroco小姐，請進——
好——

妳好
獸醫是一位
看起來很親切的老先生
護理師看起來也很好
咦
牠的名字叫流浪？
不是，牠是我剛才
抓到的貓。

是喔——
是喔——
那就先讓牠出來看看。
登愣
我看看
啊喲，你真乖——

因為牠太乖了，所以我想是不是哪戶人家養的貓。
咦？已經結紮了。
才7、8個月大

好年輕！
哇——
我先確認一下，
來看看牠身上有沒有植入晶片。
那是什麼？
那是什麼？

我想應該沒有植入晶片…
嗶
咦？竟然有晶片！
喔，原來已經登記了ー
哇ーー
太厲害了!!

小可，你好厲害！
嘿嘿
啊喲一
只要用電腦查一下，就可以找到飼主的資料。
嘎答嘎答

但是…
嘎答
嘎答

咦？
嘎答 嘎答

奇怪？
請問怎麼了？
嗯
嗯…

……？
要登入密碼
但我忘記密碼了
嘿嘿嘿
嘿嘿嘿
真不好意思……
啊喲喲

啊喲，醫生真是的
我會負責查清楚，請妳先帶回家。
牠看起來很健康，我會再和妳聯絡。
好 我知道了。
小可，你到底從哪裡來？
我也不知道

於是，
小可就在我家
住了幾天。
我們回來了——
怎麼樣？
怎麼樣？
情況怎麼樣？
真的嗎!?
真的假的!
在查到飼主
資料之前，先在
我們家住幾天。

我們可以和牠玩嗎？
笑
趕快——打開嘛——
笑
要借用一個房間
不行
現在知道是別人家養的，萬一被你們抓傷就慘了。
不行
拜託啦—
有什麼關係嘛
給我們看一下
給我們看一下啦—
沒關係嘛—

好！
只能放在這裡了
這是我和別人討論事情，用電腦工作的房間。

渾身舒暢
哇，終於自由了～

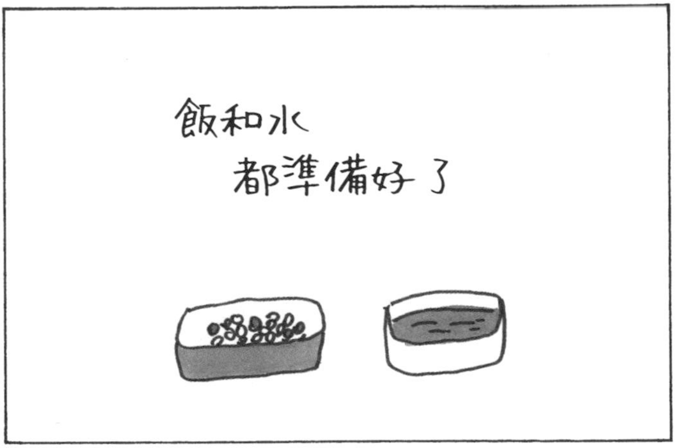
飯和水
都準備好了

你們不是有三個廁所嗎？
借用一個
不要
我絕對不要

廁所也準備好了

來吧，現在你可以放鬆了，但你到底是哪一家的孩子？

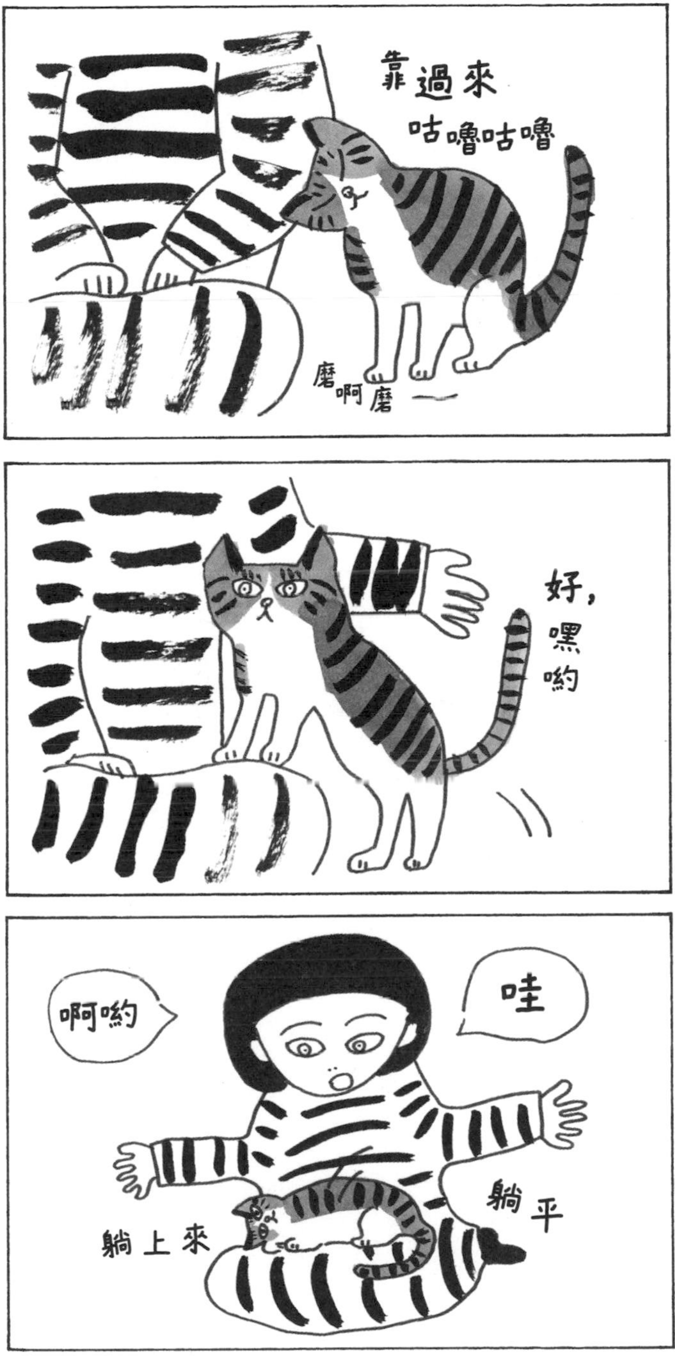
靠過來
咕嚕咕嚕
磨啊磨
好，嘿喲
啊喲
哇
躺上來
躺平

啊喵嗚——
啊喵嗚——

抱緊
哇，你真是太會撒嬌了
嗚嗚嗚
好乖，好乖，希望可以趕快找到你的主人。

嗚嗚
啜泣
咕嚕咕嚕
咕嚕咕嚕

呼
出來了
出來了
我們也想見牠
拜託了
拜託了
忍耐 忍耐
在小可
找到主人之前，要好好保護！

呿
呿

2天後

鈴鈴鈴
鈴鈴鈴
動物醫院

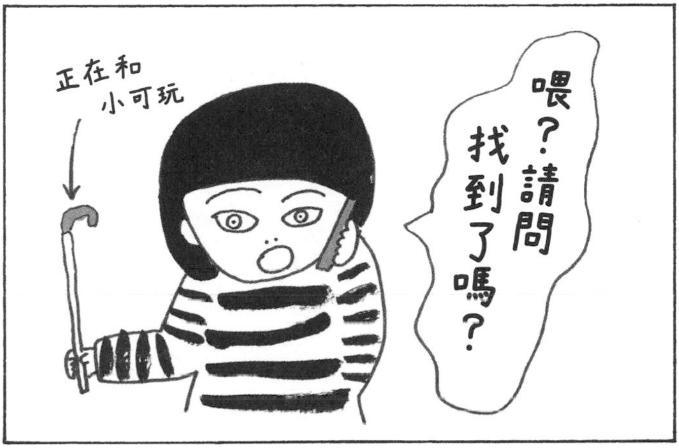
正在和小可玩
喂？請問找到了嗎？

對，已經聯絡到飼主了，是〇〇一丁目的人家飼養的！
啊!?

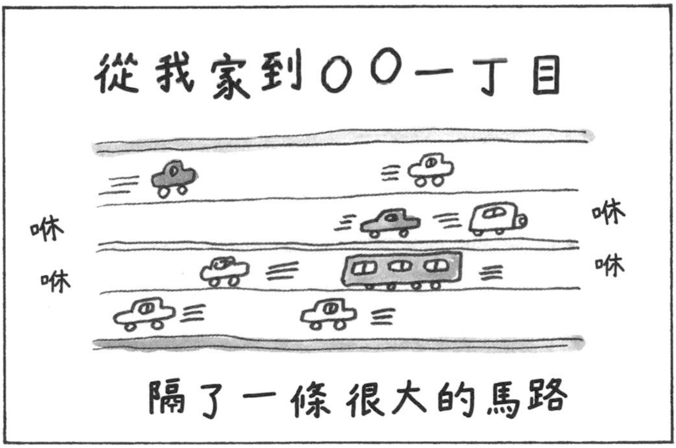
從我家到〇〇一丁目
咻咻
咻咻
隔了一條很大的馬路

從大馬路那裡過來的嗎!!!??
趕快再用玩具和我一起玩啊!

好!!!
站起來
今天動物醫院休息,請你星期一把牠帶過來。

我們來玩玩具?
小可!!!找到你的主人了—
太好了,—真是太好了—

接下來，把握時間
和小可親熱，

牠會隔著門縫和叟豆、卜偶
對決。
裡面有貓
裡面有貓

星期一早上
動物醫院

啊，真是太好了
終於順利登入了系統
嗯，嗯
真的太好了
飼主想請教妳的電話號碼，可以告訴他嗎？
好，沒問題

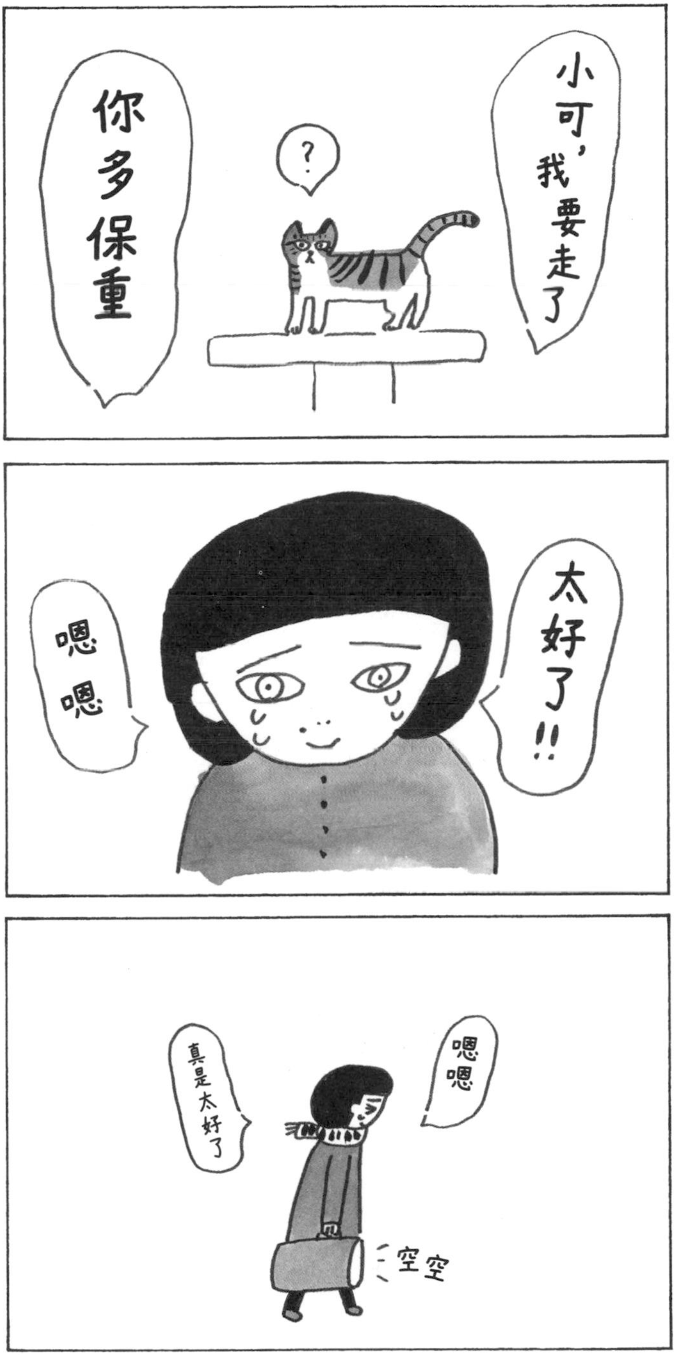
小可，我要走了
?
你多保重
太好了!!
嗯嗯
嗯嗯
真是太好了
空空

我回來了——
怎麼樣
怎麼樣怎麼樣

唉——
沒有啊
沒有了啊

太好了…
雖然太好了…
真的太好了…
嗯…
但是…

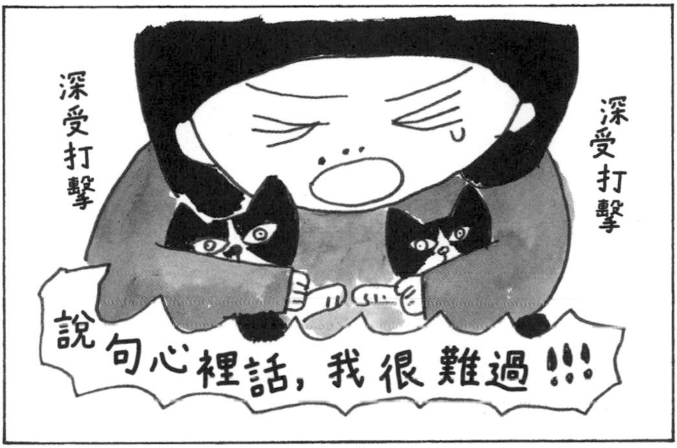
深受打擊
深受打擊
說句心裡話，我很難過!!!

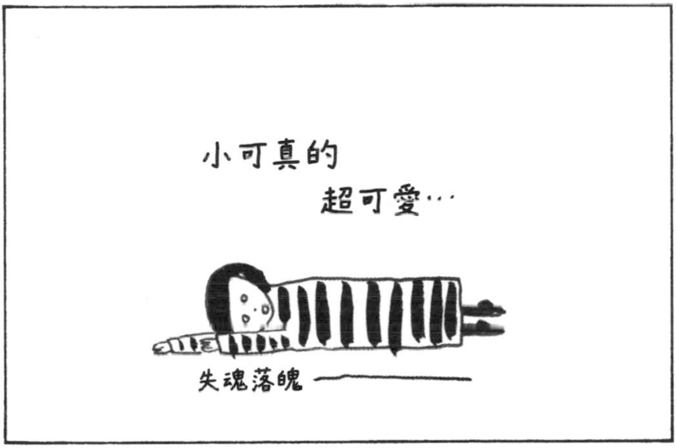
小可真的
超可愛…
失魂落魄——

卡嚓

靜————悄悄
牠吃飯很乖
上廁所也很乖
小可走了…
失魂落魄
有點問題啊
好像有點嚴重
鈴鈴鈴
鈴鈴鈴

你好‥我是miroco‥‥
妳好，我是巧比的飼主
謝謝妳救了我家的巧比，萬分萬分感謝。我們一直在找牠，找了很久很久，真的很感謝妳。
‥‥‥

真是感激不盡，
太感謝了
不，只照顧了
短短3天而已…
巧……

我們幾乎快放棄了，
以為再也找不到牠了
我差不多在1個月前，
在路上看到牠
巧比……

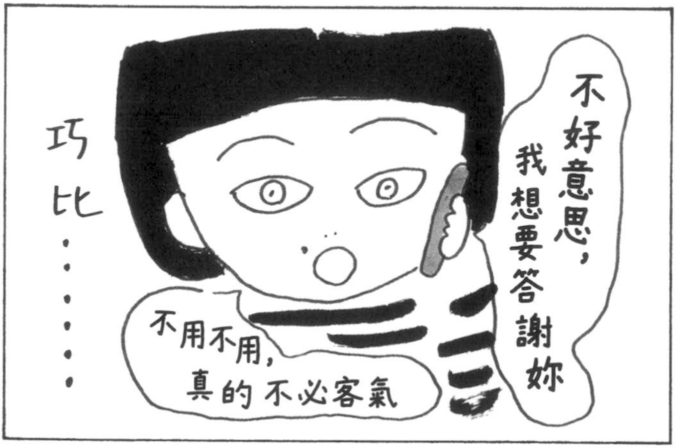
不好意思，
我想要答謝妳
不用不用，
真的不必客氣
巧比……

巧比…
是嗎？那真的萬分萬分感謝妳。
不客氣，真是太好了，請你們要幸福喔。
原來牠叫巧比!!!
嘟—
嘟—
嘟—
喔喔——

我、我超感動！
雖然只是聽到聲音而已，
但絕對是個好飼主！
最重要的是，會幫牠用心取名字的人，
感動不已
絕對不是壞人！
八成不是！

啊——
覺得自己做了一件好事

真的太好了
嗯嗯，太好了

之後，仍然為失去巧比感傷，但miroco感到很滿足。

三去世之後，我悲傷欲絕，完全無法做任何事，也不知道該做什麼事。和貓一起生活時，早上把睡在一起的貓叫醒，為牠準備早餐，打掃牠的廁所，當牠跑來撒嬌時，就抱在腿上撫摸牠；如果牠拿玩具過來，就陪牠一起玩。因為牠每天早上要去陽台，所以就為牠打開陽台的窗戶。如果有事出門，就會順便幫牠買貓飯回來。如果把顏料放在外面，貓可能會吃下去，或是打翻，所以即使隔天要用，也會每天都收拾。在我準備吃飯時，把菜放上桌時，要思考怎樣才不會被貓搶走，在吃飯的時候也不能大意。

當鐵三走了之後，我不想去陽台，吃飯時不必提心吊膽，也不需要把顏料收起來，開門關門也可以慢慢來。因為生活中的每一件瑣事都和貓休戚相關，所以對生活中的一大部分變得提不起勁，或者說感到失望。

有時候忍不住想，我好像變成了沒有貓就活不下去的體質。所以乾脆思考愛貓入骨，一起廝守到死的方法。雖然很想和貓同年同月同日同時死，但除非一起自殺，否則就不可能有這種事。而且上了年紀之後，如果還想繼續養貓，就必須找一個即使我發生意外，也可以為我照顧牠們的人。

而且，我希望可以一輩子畫貓。接下來將準備第8本貓月曆，但還只是剛開始而已，我希望等到自己老了之後可以說：「今年是第50本了，很久以前，曾經有過名叫鐵三、叟豆和卜偶的貓……。」那時候我可能已經老糊塗了，同一個故事可能會畫三次。希望叟豆和卜偶可以活到50歲。我不願去想牠們有一天會死這種事。我希望50歲的叟豆和卜偶舔我的下巴和鼻子，然後我笑罵牠們：「嘴巴臭死了！」雖然牠們可能會像現在一樣，把陽台上盆栽的泥土挖起來尿尿，讓草花都枯死。也可能沒辦法再抓蟲子、殺蟲子，但很希望可以和牠們在簷廊上曬太陽，曬到不小心睡著。我希望一輩子都愛貓入骨。

等我死了之後，又可以和鐵三一起生活了。

二〇一六年九月

mirocomachiko

國家圖書館出版品預行編目（CIP）資料

滿滿都是貓的日子 / mirocomachiko文/圖；王蘊潔譯. -- 初版. -- 新北市：步步出版：遠足文化發行, 2019.11
面；　公分

ISBN 978-957-9380-47-8(平裝)

861.6　　108017025

滿滿都是貓的日子

文／圖　mirocomachiko
譯　王蘊潔
美術設計　洪千凡、蔚藍鯨
手寫字　水腦

執行長暨總編輯　馮季眉
編輯總監　高明美
副總編輯　周彥彤
印務經理　黃禮賢
社長　郭重興
發行人暨出版總監　曾大福
出版　步步出版 / 遠足文化事業股份有限公司
發行　遠足文化事業股份有限公司
地址　231 新北市新店區民權路 108-2 號 9 樓
電話　02-2218-1417
傳真　02-8667-1065
Email　service@bookrep.com.tw
客服專線　0800-221-029

法律顧問　華洋國際專利商標事務所 蘇文生律師
印刷　凱林彩印股份有限公司
初版　2019 年 11 月
定價　350 元
書號　1BCI0003
ISBN　9789579380478

兄弟貓徹底大研究!!
目前推測為5個月(?)
被人丟棄在外房線付近。
嗚咪、嗚喵
咪咪
啊噢啊噢
嗚唡
呢呢
牠的叫聲都很奇怪。
卜偶
(公貓)
嘴巴裡面也是斑駁的黑白雙色!
睪丸是全白色。
臉是滾圓的圓形
鼻子上有一顆超大的黑痣。
肉球是灰色，簡直太神奇了!
・卜偶顯然大多了。
這種長相在日本稱為「八裂」或是「鉢裂」，很多地方都很忌諱飼養這種貓。
・愛吃又愛睡，甚至會把供在鐵三(第一代貓)牌位前的飯也吃掉！但也很溫柔，會抱著鐵三的骨灰睡覺！
鐵三的骨灰
睡覺時也不閉眼睛。
・總是在發呆，我行我素，吐出舌頭睡覺。
・很喜歡擠在人類的腋下睡覺！
・拿手絕技是：海豚跳
比嗡
比嗡
兩兄弟的共通點
為牠們是兄弟啊!
馬桶!
絕對會跟來廁所，一直要求沖水。
嘩嘩嘩
因為牠們超喜歡水。
愛玩把手伸進喝水的容器中，到處弄得很濕的遊戲。

2012年3月14日 來miroco家
～兩隻第二代兄弟貓叟豆和卜偶
比較·研究大公開～
臉很瘦
睪丸有一半是黑毛
叟豆
（公貓）
不知道為什麼，右側的鬍鬚特別短。
咬斷手機充電線高手。目前為止已咬斷四根。
肉球是黑色和粉紅雙色。
咪
喵嗚·喵嗚
這裡啦～！快來啊，來啊－
別管牠。
吵死了。
•雖然努力想當老大，但總是白費力氣。
很重，被壓，快死了
會睡在我脖子上
呼呼
呼呼
被子
•半夜撒嬌的方式超過分。
舔遍我的臉，然後咬鼻子，
結果害我每天都睡眠不足。
從背後區分牠們的方法
叟豆
卜偶
脖子是白色
•牠很愛水，所以
發生過浴缸溺水事件。
喵嗚·喵嗚
但牠不汲取教訓，
這個色狼每天都偷看我洗澡。
叟豆雖然名叫叟豆，
但牠是個對外面沒什麼興趣的宅男。
看著沖馬桶就覺得超爽
也喜歡在旁邊看我洗碗。
床
也愛倒掛在床底下往前走。
嘎沙 嘎沙